雅韵和鳴

唐禹民题

必 有 诗 与 远 方

Bi You Shi Yu Yuan Fang

雅韵和鳴

吟诗作赋群诗选

陈昌才　张芬之
主编

北京联合出版公司
Beijing United Publishing Co.,Ltd.

图书在版编目（CIP）数据

雅韵和鸣：吟诗作赋群诗选 / 陈昌才，张芬之主编
. -- 北京：北京联合出版公司，2022.12
ISBN 978-7-5596-6520-1

Ⅰ. ①雅… Ⅱ. ①陈… ②张… Ⅲ. ①诗集—中国—
当代 Ⅳ. ① I227

中国版本图书馆 CIP 数据核字（2022）第 202627 号

雅韵和鸣：吟诗作赋群诗选
主　　编： 陈昌才　张芬之
出 品 人： 赵红仕
策划编辑： 万红雪
责任编辑： 牛炜征
版式设计： 豆安国
责任编审： 赵　娜

北京联合出版公司出版
（北京市西城区德外大街 83 号楼 9 层 100088）
北京华景时代文化传媒有限公司发行
北京盛通印刷股份有限公司印刷　　新华书店经销
字数 185 千字　　880 毫米 ×1230 毫米　　1/16　　21 印张
2022 年 12 月第 1 版　　2022 年 12 月第 1 次印刷
ISBN 978-7-5596-6520-1
定价：68.00 元

前言

诗言志，诗写景，诗状物，诗抒情。遵循这样的宗旨与理念，“吟诗作赋群”来自祖国天南海北的老同学、老同事、老乡或老战友，计七十余人，在群主陈昌才教授的带领下，近一年来结合重要时令、重大节日、重大事件或即景所见所闻，即兴作诗唱和，陆续创作了两千多首不同风格、不同内容、不同韵味的诗歌，其中的大多数均由群主编辑成群诗，推荐发表于《今日头条》、中国诗歌网、《国是·观点》、北京诗歌网和《沿海文学》等平台，有的诗歌也被人民网、简书、全国法制新闻联播网等媒介转发，在文友中引发了一定的反响与好评。为此，诗友们建议，从这两千多首诗友原创的诗歌中，精选两百多首结集出版，借以展示“吟诗作赋群”近一年来的创作成果，便于诗友们珍藏留存，亦利于大家学习借鉴，共同提高，岂不美哉幸哉乐哉！

这本名为《雅韵和鸣：吟诗作赋群诗选》的诗集，是诗友们辛勤耕耘、才学智慧的结晶，虽说不上篇篇都是精品佳作，但它们如同一朵朵色彩各异的鲜花，尽管还可以写得朴拙一些，但依然散发着沁人的芳香，展示了跟党走、鼓与呼、适时令、接地气、抒豪情、感染人和鼓舞人的豪迈与力量。

“吟诗作赋群”的诗友，多为上了年纪的退休人员，也多为业余的文学创作爱好者。他们紧跟以习近平同志为核心的党中央，利用诗词歌赋这种群众喜闻乐见的文艺形式，歌颂新时代，传播喜事新风，讲好中国故事，弘扬主旋律，为中华民族伟大复兴，做出自己的一份贡献。大家不分春夏秋冬，不分白天黑夜，积极响应群主陈昌才教授的号召，持续不断地按照命题吟诗作赋，既抒发了对党对祖国深沉的热爱之情，也讴歌赞美了人世间的诸多美好事物，这是一本满满的正能量、彰显灿烂夕阳红的作品。这样的群体创作，不仅对繁荣群众性的业余文艺创作，活跃老年人群的业余文娱生活很有裨益，而且对描绘新时代的美好画卷，推进书香社会、和谐社会建设，促进老年群体的动手动脑与养生保健，都有着十分重要的作用。

正是基于这个认识，余怀着十分喜悦的心情，郑重向广大读者推荐这本别开生面的《雅韵和鸣：吟诗作赋群诗选》诗集，相信读者朋友会从这两百多首韵味各异的诗文中，了解许多时事与知识，包括做人做文与做官的道理，懂得如何度过当下美好而又充满诗和远方的生活。是为序。

张芬之

2022年3月3日写于京城寓所

目录

卷三　刘振良诗选

卷四　吉臣诗选

卷五　李宝俊诗选

卷六　李华卿诗选

卷七　杨凤祥诗选

卷八　张芬之诗选

卷九　陈昌才诗选

卷十　祖国柱诗选

卷十一　唐禹民诗选

卷十二　黄玉杰诗选

卷十三　黄方渺诗选

卷十四　黄寿清诗选

卷十五　韩其周诗选

卷一 ◆ 王谨诗选

王谨，笔名梅仁，曾用名王金球，原籍湖北黄梅县，《人民日报》（海外版）原副总编辑、《人民日报》高级记者、中国作家协会会员、作家网学术顾问、西北大学丝绸之路国际诗歌研究中心名誉顾问。

王谨曾短有军旅经历，毕业于中国社会科学院研究生院新闻系，获硕士学位。在人民日报社近40年的新闻和文学创作生涯中，发表作品五百多万字，出版有《家国情怀》《与岁月对话》《如歌岁月》《大门打开之后》《新闻谈片》等文学和新闻专著8部。2021年8月，木兰书院举办王谨诗歌朗诵月，朗诵了王谨诗31首；同年，王谨献礼建党百年的长诗《红船：从嘉兴驶到金水桥》，被评选为“迎百年华诞，谱时代新篇”第二届全国诗歌大赛金奖。王谨的诗以非虚构纪事诗为主，不矫揉造作，是对生活发自内心的本真吟唱。

1 与冰雪的激情约会

按语：2022冬季奥运会，于2月4日在北京隆重开幕。北京以其独特魅力，成为世界首座“双奥之城”。冬奥与中国传统节日——春节相携，也成就了发生在东方大国又一则“雪公主”的童话。

中国之书上下五千年，
少不了冰雪之渍的浸染。
携手世界冰雪竞技高手，
风云际会在2022年。

百年奥林匹克带冰的竞技，
启幕在中国立春这天。
冰雪映衬着京城的紫光，
红灯笼点燃激情将冬奥盛况陈展。

借助一对雪橇，
载你跨过雪山万千重；
借助一座雪中跳台，
推你腾跳画出空中最美弧线。

借助一支冰壶杆，
撞击冰壶射门声响悦耳；
携手一位舞伴，
冰上劲舞让人看得眼花缭乱。

2008夏季，
北京奥运会记忆还复映眼前；
14年后北京冰墩墩向世界招手，
各路健儿再会京张。
《一起向未来》旋律在全球传诵，
“更快、更高、更强”活剧在冰雪银幕上演。

（2022年2月4日于北京）

2 过年意味着什么

又是一个中国年，
辞旧迎新跨过岁月转折点。
除夕过后是春节，
年的图腾在城乡随处耀闪。

过年意味着什么？
中国过年文化淳厚深远。
爆竹声声除旧岁，
牛去虎来时序之轮在转碾。

过年意味着梳理上年成绩单，
有收获有失落都很自然。
谷穗金黄收获满满全家欢笑，
没有实现目标也要把气馁沉淀。

过年意味着以节日红线牵回一家，
希冀节日全家团团圆圆。
了却慈母倚门盼，游子行路苦，
推杯问盏以酒化去思念。

过年意味着将疲惫之船停泊港湾，
休整一年辛劳奔波的身体零件。
品尝或复制母亲厨艺的味道，
用丰盈美食犒赏自己的舌尖。

过年意味着传递新的希冀和祝福，
眼泪合着欢笑不可或缺的盛典。
生活不易各自保重，
阖家幸福安康靠奋斗实现。

（2022 年 1 月 29 日）

3 岁 月

岁月是一条川流不息的河，
与芸芸众生相濡以沫。
河中落过童年的彩石，
有过中年汹涌的旋涡，
漂过无奈的残叶碎片，
一切过往照样汇入江河。

岁月是一棵饱经沧桑之树，
年轮清晰展示岁月痕模。
最初年轮见证幼苗弱小，
随后年轮成就粗壮之木，
枝叶繁华无惧风吹雨打，
年轮增添枝叶摇影斑驳。

岁月是谁都可以容留的客栈，
在这里可接受热情也可遭受冷漠。
这里你可以拥有童年的摇椅，
也可在这里拥抱事业成功之母，
你可以和家人享受创业盛宴，

也可以在这里品尝余晖下苦果。

岁月是一台老式留声机，
可回放诉说你的人生年华大幕。
这里有童小无猜的呓语，
有狂放的年轻气盛或无可奈何，
回味创业讨生活多有甜酸苦辣，
感悟人生感悟世态炎凉历历在目。

岁月为每个人提供成长温床，
也为凋谢生命刻下墓志铭。
岁月对每个人都以公平相拥，
善待岁月才不致万事蹉跎，
年轻不努力带来晚年叹息，
今日待明日遗憾会增多。
感悟岁月多与岁月对话，
回味你人生风景不必沉默。

（2021 年 7 月 24 日《作家网》发布）

4 清明祭

每到清明，
我总要走进父母的陵园，
献上满山的植被和鲜花，
在父母墓前表达愧疚与思念。

每在墓前，
总浮现出母亲生前倚门送儿画面。
母亲那噙不住的泪水，
很快汇入清江河水，
让河水瞬间猛涨回旋。

每当我依依不舍离家，
一步一回头擦拭着泪眼。
随着母亲身影消失在视线，
被我牵系的思念岁月愈加悠远。

今年的清明不同寻常，
全国为疫情夺走数千生命祭奠。
国旗悲伤地缓缓滑落，

哀思在旗杆三分之一处呈展。
全国同一时间汽笛鸣咽，
神州三分钟默立也在同一时间。

曾经的十二年前，
地震噩梦在汶川上演。
举国悼念大地震擒走的亡灵，
我也曾在半旗下为他们垂首哀念。

多难之邦，
振兴路上非一帆风顺，多有风险。
清明雨打湿了一行行墓碑，
中华民族仍执着向前向前……

（2020年4月4日，先后载于《人民日报》（海外网）、《作家网》、中国共产党中央委员会宣传部《学习强国》、《科普时报》、《国是·观点》等。）

5 致凋谢的玫瑰

盛开的季节匆匆走过，
你被秋风凌迟花瓣落地。
一脸的沧桑一脸的憔悴，
但傲娇的骨感其他花难敌。

你曾经青涩过，
含苞的花蕾让许多人着迷。
你曾经怒放过，
紫色的花蕊让追逐者百般寻觅。

你是恋人爱慕的表达，
你是善意之心的启迪。
万花丛中一花独秀，
浪漫生活中不可没有你。

岁月轮回春天走过，
秋冬之寒剥夺你的美。
娇贵风骨精神还在，
下一年你又是娇滴滴。

（2019 年 11 月 6 日晨，观院内花圃所感）

6 屈原成为文化符号

这是寄自古楚鄂东粽子，
苇叶里裹着香畴生态。
紫白黄糯叠加色香味，
看似“简单”却深藏情怀。

这本是赠给楚诗人屈原粽子，
现已成为品牌摆上美食平台。
端午节未到已闻粽子飘香，
尝粽子互致健康安泰。

两千年前屈原入阁楚怀王，
闻国破君亡悲痛难以释怀。
写下绝笔不朽诗篇《怀沙》，
抱巨石投汨罗没有徘徊。

屈原自此成为文化符号，
延绵两千年引来鸿文诗才。
每逢端午摆粽子畅饮雄黄酒，
江河两岸龙船竞渡不衰。

一位名人成就一个节日，
一个符号带来连锁品牌。
一个节日拉动内需消费，
一份遗产提升民族情怀。

（2019 年农历四月二十六）

7　把负面记忆挂在跨过的悬崖

如同电极有正负，
人接受能量也有正负值。
人生江河有险湾，
笔直流泻不现实。

回忆有酸楚也有甘甜，
人生奔跑就顾不得泪湿。
定下目标向前向前，
跨过一个个坎跃过一道道险池。

记得上世纪闹饥荒日子，
大锅饭闹得锅里没有饭吃。
邻家伢饿得在床昏迷，
母亲端去稀饭当药治。

一碗稀饭救活一条命，
这个画面一直在我脑中闪持。
饥饿的情形如同昨天，
但我回味的是母亲良师。

母亲的至爱给我正能量，
从学步起就不气馁而树大志。
衣食无忧凭借自身奋斗，
把负面记忆挂在悬崖跨过不再回视。

（2018 年 11 月 4 日）

8 在海湾拍婚照的姑娘

她手捧鲜花站在海湾的沙滩，
面对大海心花怒放。
海风牵起她的婚纱裙摆，
阳光点染花蕊释放芬芳。

这里是新人享受温馨的天堂，
海滩是辗转反侧的婚床。
天际白天蔚蓝如洗，
晚间星空浩瀚不需要帷帐。

新郎走过来温馨地拥着她，
拍照镜头瞬间咔嚓作响。
这一刻他们等待了太久，
今天终于如愿以偿。

原预约春天到这里拍照，
疫情打乱了原有计划思量。
拍婚纱照得让位于抗疫，
延误到当下在海湾构筑新房。

姑娘本是医院一名护士，
春节从容驰援武汉并不慌张。
阻击疫情蔓延十万火急，
以致出发前与爱人打招呼都没顾上。
挽救生命高于一切，
双方默契推迟婚礼不张扬。
每天姑娘在病房忙碌，
防护服里的汗水湿透衣裳。

阻击战终于在五月份告捷，
姑娘凯旋回到家乡。
不料黑龙江边境再传疫情，
姑娘又重披战袍再次奔忙。

国庆节前全国疫情解困，
婚庆重新提到日程上。
仍然选择秦皇岛拍婚纱照，
海浪为这对新人做证鼓掌。

（2020 年 10 月 24 日傍晚于秦皇岛）

卷二 ◆ 王孝钏诗选

王孝钏，1946年9月生，浙江苍南县人，汉族，中共党员。1965年加入文教队伍，曾任苍南县凤池中学校长、书记。2006年退休在家。平常喜欢学习、欣赏诗词歌赋。近年来，在中国诗歌网等平台发布二十多首诗。

『五绝 · 上平 · 一东 · 平水韵』

1 贺元宵

元宵春味浓，冬奥逐其中。
映月双重庆，万家灯火红。

（2022 年 2 月 14 日于苍南）

（2022 年 2 月 15 日中国诗歌网发布）

『七律·上平·一东·平水韵』

2 除夕夜

零时子刻待鸣钟，辞旧迎新一夜同。
爆竹千门声广野，烟花五彩艳长空。
炉生火种跨年旺，堂挂珠灯照岁红。
金虎壬寅司重任，老牛述职返天宫。

（2022 年 1 月 30 日于苍南）

（2022 年 2 月 1 日中国诗歌网发布）

『五绝 · 上平 · 十一真 · 平水韵』

3 庆元旦

岁极阳和返，元开万象新。
红梅斜峭壁，傲雪更精神。

（2021 年 12 月 30 日于苍南）

（2021 年 12 月 31 日《沿海文学》发布）

『五绝 · 下平 · 十二侵 · 平水韵』

4 庆元旦

新元更旧岁，祥瑞紫光临。

寅虎司天职，扬威扫六阴。

（2021 年 12 月 30 日于苍南）

（2021 年 12 月 31 日《沿海文学》发布）

『五绝 · 上平 · 四支 · 平水韵』

5 《雪乡》图趣吟

六出飘飘舞，吟朋话作诗。

何妨冰雪冷，梅已发南枝。

（2021 年 11 月 23 日于苍南）

（2021 年 11 月 23 日中国诗歌网发布）

『五绝 · 下平 · 八庚 · 平水韵』

6 冬　至

冬节日南至，回归线返程。
羲和更昼夜，大地起新荣。

（2021 年 12 月 20 日于苍南）

（2021 年 12 月 21 日中国诗歌网发布）

『七绝·下平·八庚·平水韵』

7 贺中国文联作协代表大会在京隆重召开

作协文联聚北京，最高首长寄深情。
颂讴有格正能量，新纪《大风》中国声。

（2021 年 12 月 15 日于苍南）

（2021 年 12 月 16 日中国诗歌网发布）

『五绝 · 上平 · 一东 · 平水韵』

8 题唐禹民先生山水画

青岚缠远岫，轻棹逐飞鸿。

滚滚千寻瀑，挟雷鸣画中。

（2021 年 10 月于苍南）

『七绝·上平·十一真·平水韵』

9 路　灯

立险杆梢不顾身，栉风沐雨总精神。
严寒酷暑浑无管，夜夜清光照路人。

（2021 年 10 月于苍南）

『七绝 · 下平 · 八庚 · 平水韵』

10 痛悼袁隆平院士

院士归仙驾鹤行，大江南北挽歌声。

老农最是情难却，垄上扶犁和泪耕。

（2021 年夏于苍南）

『七绝 · 下平 · 八庚 · 平水韵』

11 七绝 · 雷锋永在

学习雷锋甘奉献，中华儿女爱心捐。
救灾抗疫义工者，越是艰危越向前。

（2022 年 2 月 4 日于苍南）

『五绝·上平五微·平水韵』

12 老娘叹

疫阻重洋外，打工人未归。
老娘频翘首，望月泪沾衣。

（2021年秋于苍南）

『西江月 · 50 字 · 词林正韵』

13 丰收节

大地丹风送爽，平畴稻谷飘香。
村山万树挂金黄，一派丰收景象。

致富帮扶精准，脱贫同步康庄。
英明决策党中央，生活蒸蒸日上。

（2021 年秋分于苍南）

『七律 · 下平一先 · 平水韵』

14 退休自遣

职业平凡执一鞭，退休过后半神仙。
讲台不必诠宏论，粉笔无须解奥篇。
养性篱园花木整，怡情柳岸钓丝牵。
健身早起迎朝露，太极门球乐晚年。

（2020 年 12 月 15 日于苍南）

卷三

刘振良诗选

刘振良，1953年4月17日生，男，汉族，山东莱州市人，中共党员。1973年入伍，后转业到中原油田工作，2013年退休。擅长象棋，热爱旅游、步行、爬山、骑行、游泳、抖空竹等，喜欢学习、欣赏诗歌。

1 七绝·少妇望海

茫茫云天扬雪花，翘首远眺恨隔纱。
屈指夫君归家日，迎海踏雪心牵挂。

（2022 年于渔村小码头）

2 七律·过年

日出东山落西山，娇儿已过而立年。
过甲双亲鬓如霜，慈母视儿如童仙。
嘘寒问暖胜宾客，泪眼送别语连连。
心宽体壮多博学，外圆内方路长远。

（2020年春节）

『卜算子 · 44 字 · 词林正韵』

3 元宵节

明月照大地，举头星辰稀。
又见飞燕迎春来，驿站指古稀。
老骥当伏枥，乘虎行千里。
三山五岳游未尽，人生多惬意。

（2022 年元宵节）

4 七律·游长陵看朱棣

横刀立马任驰骋，赵地岂能困真龙。
笑对忤逆得大统，哪个臣儿敢作声。
永乐大典全百科，更有千古紫禁城。
郑和扬帆振国威，雄踞幽燕建新京。

（2018 年 9 月）

5 七绝·清明泪

凄沥小雨清明下，双亲仙逝孩无家。
游子长跪求菩萨，还做母前绕膝娃。

（2021 年清明节）

6 七律·新春感悟

牛牴新冠鼠逃逸，人生驿站到古稀。
侃山不提当年勇，天下大势做话题。
黄忠七十战关羽，子牙八十扶西岐。
强身健体壮如牛，脚踢阎王把鬼欺。

（2021 年春节）

7 七律·泰山挑夫

雄冠五岳刺破天，南天门外惊客仙。
笑指懒汉乘索道，齐赞挑夫十八盘。
山高任其脚下踩，谷深应声随他喊。
汗水浇艳儿女花，全家福祉铁肩担。

（2021年5月21日于济南）

8 七律·踏遍青山人未老

我跨铁骑自逍遥，游尽山川乐陶陶。
东登泰山看日出，西踏华山比天高。
南坐黄山观云海，北会恒山张果老。
莫道夕阳近黄昏，踏遍青山人未老。

（2021 年 10 月）

9 花落谁家

窈窕淑女恰二八，亭亭玉立伴红花。
风吹桃花羞红脸，鸿雁盘旋欲落下。
天生丽质无粉黛，飒爽英姿一女侠。
自古凤凰栖梧桐，不知此仙落谁家。

（2021 年 3 月 18 日）

10 辛丑重阳登高

登高望多远，鸟瞰九万里。
人生若过隙，春秋大写意。
少壮曾努力，老大犹奋蹄。
何言论古稀，百岁尚可期。
余生何所愿，答案在梦里。
眼前只一物，晚霞最惬意。

（2021 年重阳节于河边）

11 一盏明灯

一盏光芒四射的明灯，
悬空挂在茫茫黑夜的天空，
照亮那条曲曲弯弯长满荆棘的小道。

道上的魑魅魍魉，
顿时隐身藏匿，
或者变换为路边的
鲜花朵朵，
憋着阴招，
寻觅害人的机会。

我拿根烧火棍儿，
吆喝着，
拍打两边的野草，
给自己壮胆，
点火烧毁这阴森的
漫漫黑夜。

为什么要与魔共舞？

为什么留下对敌人的怜悯?
农夫与毒蛇,
告诉我们的教训,
难道已经忘记?

起风了,
头顶那盏灯,
也许快要熄灭。

今夜,
没有明月,
连月牙都不会有。
闪电吗?
雷公,
早已投靠魔王。
为什么,
还要
毅然决然地
继续往前走?

仅凭自己胸中,
一身胆气,

几根傲骨，
还有坚信。
太阳快要出来了，
已经三九，
春天就在山的那边。

战斗，
当然义无反顾。
向前，
举起锋锐的宝剑。

（2021 年 1 月 16 日于河边）

12 春天的号令

今天立春，
世间万物听令，
我知道你们
憋了很久很久，
整整准备了
一个冬天，
春季从今天开始，
你们跃跃欲试，
欲大显身手。

我允许你们
自由发展，
但是，
你们只能
规规矩矩，
不可为非作歹，
更不能危害人类。

在过往的岁月，

你们
与地球共存亡，
有的做出了
巨大贡献，
有的
也曾祸国殃民，
过去的
已经过去，
不必纠缠。

有功的
莫要骄傲，
继续建功立业，
多多益善。
有过的
洗心革面，
必须遵纪守法，
多做善事。

今天立春，
地球万物们，
请注意了！

立正！

向着正前方

天下太平

风调雨顺

正步走，

热情洋溢地

去创造新的

更多的人间奇迹，

接受日月星辰的检阅。

（2021年2月3日于河边）

13　永恒的精神

你似乎没有什么丰功伟绩，
也没有上过战场。
你却在平凡的岗位上照射出不平凡的光芒。
你甘于奉献，
乐于助人的精神，
为我们指出了追求的方向。

你爱国爱民，
对同志像春天般温暖；
你投身祖国建设，
对工作像夏天一样火热；
你严于律己，
对个人主义像秋风扫落叶一样果敢；
你爱憎分明，
对敌人像严冬一样，残酷无情。

你是银河系中的一颗星，
力图用你微弱的光，
把黑暗照亮；

你是大海里的一滴水，
反射着太阳的光芒；
你是一颗永不生锈的螺丝钉，
党把你拧在哪里，
就在哪里闪闪发光。

你在平凡中工作，
你在沃土中生长。
以不平凡的事迹，
为我们树立了光辉的榜样。
你深受人民的喜爱，
得到了伟人们的颂扬。
“为人民服务”，
是你奏响的人生最美乐章。
“向雷锋同志学习”，
是毛主席对你最好的褒奖。
六十年前，
在中华大地上，
掀起了久久的热浪。
助人为乐，蔚然成风。
拾金不昧，倍感高尚。
争做好事，不图表扬。

道德新风，蒸蒸日上。

雷锋啊，
人民没有忘记你，
人民不会忘记你。
你是时代的楷模，
我们学习的榜样。
你的精神是永恒的，
必将永远发扬。

这正是：
身世坎坷受党恩，
立志报国献红心。
身体力行为祖国，
全心全意为人民。

（2022 年 3 月 3 日）

卷四 ◆ 吉臣诗选

吉臣，1948年12月29日生，原名董孔模，男，汉族，浙江苍南县人，中共党员，老三届、知青，毕业于浙江大学。早年当过中学教师，曾从事县政府交通局、计划经济委员会等部门的文秘和管理工作。文学爱好者，尤爱古典诗词，喜在微信群分享诗词作品。早期曾在《浙南大众》《浙江日报》发表文章数篇，偶有文章载入地方文集。研究华夏董氏族史，并主纂地方《董氏宗谱》数部，在《华夏董氏》杂志发表文章并聘为名誉编委。

『阮郎归 · 47 字 · 词林正韵』

1 冬 湖

长空万里白云飞，凤湖黄鸟肥。
鹭群如絮柳如帷，岸翁垂钓回。

湖色美，晚亭绯，凭栏观翠薇。
初冬夕照映芳菲，花丛双雀归。

（2017 年 11 月 12 日于平阳凤湖）

『临江仙 · 60 字 · 词林正韵』

2 冬奥四日感怀

双奥之都威世界，冰墩剔透峥嵘。
飞檐走壁雪长城。
短滑男霸主，飞女爱凌名。

东道新春书历史，中华文化开明。
兼容并蓄益昌荣。
追求无止境，问鼎逐双赢！

（2022 年 2 月 8 日于杭州）

（2022 年 2 月 9 日《沿海文学》发布）

『七律·平起·八庚·平水韵』

3 消除贪欲，惩治腐败

茫茫私欲害人精，泉石常安养福清[①]。
勿忘初心遵党纪，寻思淡饭守操行。
肃贪反腐成常态，长治久安钟已鸣。
天网恢恢疏不漏，公堂震撼法槌声！

（2021年12月9日于杭州）

（2021年12月9日中国诗歌网发布）

---

① 泉石常安养福清：用典，清泉养石，寓意清正廉洁养福于泉石之间，化用王维“明月松间照，清泉石上流”诗句。

『七律·仄起·一先·平水韵』

4 除旧迎新，过年沿革

祭灶除尘过小年，万家灯火夜芊眠。
长年[1]道别念三饭，雇主厘清辛苦钱。
倒海翻江时代变，移风易俗焕新天。
卫生爱国常常搞，祈祀村沿市靠边。

（2022年1月25日于杭州）

（2022年1月31日《沿海文学》发布）

（2022年2月1日中国诗歌网发布）

① 长年：方言，长工别称。

『七律·仄起·一先·平水韵』

5 乡　思

颗颗汤团似月圆，浓浓家味润心田；
水磨香糯神如玉，火焙麻心馥郁连。
游子生来情切切，乡思引起意绵绵；
灯红最是元宵夜[①]，弹指挥间六十年。

（2022 年 2 月 15 日于杭州）

（2022 年 2 月 15 日《沿海文学》发布）

（2022 年 2 月 15 日中国诗歌网发布）

① 灯红最是元宵夜：早年家乡浙南边陲小镇过上元节有办花灯吃元宵的风俗。

『五律·仄起·一东·平水韵（孤雁出群）』

6 赏观唐老诗画有感

极品粟千钟，诸君见略同。
劲松生绝壁，飞棹逐秋鸿。
碎玉千寻瀑，缥朦水雾中。
群诗含厚意，妙笔颂唐公。

（2021 年 11 月 12 日于杭州）

『五律 · 平起 · 九佳 · 平水韵』

7 瑞雪迎春

京畿扬瑞雪，王土一方埋。
玉宇澄清日，琼林满六街[①]。
铲除新病毒，防控恶邪排。
春节同冬奥，联欢共咏怀。

（2022年1月23日于杭州）
（2022年1月31日《沿海文学》发布）
（2022年2月1日中国诗歌网发布）

① 六街：典故，唐都长安有六条中心大街，北宋汴京也有六街，故六街泛指京都的大街和闹市。

『五古 · 转韵 · 邻韵通押』

8 读画漫笔

细读唐老画，慢品两句诗。
我养你长大，父严母也慈。
你陪我变老，但愿皆坚持。
亲生未尽孝，人去悔莫及！
游子上远路，慈母送一程。
子为母撑伞，遮风送雨行。
老母拄拐送，此境最牵情！
母爱道不尽，画笔能点睛。
岁寒知松柏，梅香苦寒成。

（2021 年 12 月 2 日于杭州）

（2021 年 12 月 3 日《沿海文学》发布）

『七绝 · 平起 · 十一尤 · 平水韵』

9 登鹳山[①]吊古

按语：风来雾去今天又见艳阳，我陪同三弟去杭州富阳鹳山游览名胜，感慨万千！即兴赋小诗一首。

董家父子誉千秋，严氏登云万古留。
苏轼摩崖怀钓月，达夫非命使人愁。

（2021 年 11 月 13 日于杭州）

（2021 年 11 月 24 日《沿海文学》发布）

---

① 鹳山：鹳山四处名胜古迹为董家祠（董邦达、董诰父子纪念堂），严子陵垂钓处，苏东坡摩崖石刻，郁达夫故居、双烈园。

卷五 · 李宝俊诗选

李宝俊，1958年6月1日生。河北省廊坊市香河县人。中共党员、转业军人、干部、医师、警察，诗词爱好者。大专学历。1978年4月从戎东海舰队，2000年8月转业到温州工作，2018年退休。业余从事诗词创作五六年，酷爱中国古典诗词。曾在《沿海文学》、中国诗歌网等发表过诗词作品数十篇。

『七绝 · 二萧 · 平水韵』

1 中秋偶书二首

其一

青山绿水路迢迢，北野南江分外娇。
花好月圆天地合，万家灯火共良宵。

其二

皓月婵娟共九州，阖家团聚玉人楼。
吴刚把酒嫦娥舞，菊放金光满地秋。

（2021 年 8 月 15 日于河北香河）

『七律 · 六麻 · 平水韵』

2 党是阳光暖万家

隆冬腊月逢初八，雪地冰天冻死鸦。
常忆饥寒大锅饭，备珍富裕小康家。
香甜五谷浓浓意，苦辣三千淡淡茶。
手捧热粥今世好，阳光普照暖天涯。

（2022 年 1 月 10 日于温州）

（2022 年 1 月 10 日《沿海文学》发布）

『七律·一东·平水韵』

3 冬　至

冬至如年喜似同，农耕节气古人功。
汤圆甜蜜家团聚，水饺鲜香事顺风。
日去阳归知极返，昼长夜短逆时空。
冰封大地寒鸦死，雪映梅花腊月红。

（2021 年 12 月 20 日于温州）

（2021 年 12 月 20 日《沿海文学》发布）

『七律·八庚·平水韵』

4 虎年春早

夜来听雨梦窗声，点滴温柔润物生。
登柳画眉啼晓静，临门喜鹊唤晨清。
江潮滚滚千帆渡，岁月悠悠万象更。
火树银花元夕闹，春光扑面笑相迎。

（2022 年 2 月 11 日于温州）

『七律 · 十灰 · 平水韵』

5 江城冰雪雾凇奇观

一夜江城冰雪皑，人间仙境下天来。
龙宫古堡金銮殿，玉树琼枝孔雀台。
白浪滔滔淹旷野，浮云朵朵荡尘埃。
江山曼妙银装裹，柳絮梨花梦里猜。

（2022 年 1 月 25 日于温州）

『七律 · 十五删 · 平水韵』

6 辞旧迎新抒怀

日月星辰天地间，轮回四季改容颜。
江河滚滚东流去，朝夕悠悠往复还。
盛世奔腾千里马，神龙飞跃万重山。
辉煌成就丹青载，沧海红舟稳泛闲。

（2021 年 12 月 31 日于温州）

（2022 年 1 月 1 日《沿海文学》发布）

『七律·一先·平水韵』

7 感慨元旦

岁月如歌又一年，只争朝夕好明天。
春花秋月人间美，丁旺家兴日子甜。
耆老养颐追鹤寿，韶华发奋马加鞭。
康庄大道光明路，阔步豪情迈向前！

（2021 年 12 月 31 日于温州）

（2022 年 1 月 1 日《沿海文学》发布）

『七律 · 十一尤 · 平水韵』

8 梦回儿时

——2021年6月1日儿童节

老来忘近不忘悠，故里童真梦里游。

戏水河塘光屁股，捅窝蜂蝎螯青头。

追鸡赶鸭鱼虾捉，打枣扒瓜杏李偷。

亦假亦真蒙昧夜，无穷无尽忆难休。

（2021年6月1日于温州）

『五律 · 七阳 · 平水韵』

9 中国女足亚洲捧杯

莫生男足气，当喜女铿锵。

点杀青天日，刀屠太极王。

同遭先落后，皆遇逆风场。

绝地翻盘戏，金杯万丈光。

（2022 年 2 月 7 日于温州）

（2022 年 2 月 9 日《沿海文学》发布）

『西江月 · 50 字 · 词林正韵』

10 春　曲

北国阳春白雪，江南燕舞莺歌。
神州如画好山河，一派盎然春色。
回首峥嵘岁月，从头跃马挥戈。
风流人物数今多，再创人间卓越。

（2022 年 2 月 1 日于温州）

卷六 · 李华卿诗选

李华卿，1946年1月26日生，笔名明亮，广东罗定市人，汉族，中共党员，高级政工师。在海军汕头、广州部队服役二十多年，转业后在广东省交通系统工作。喜欢阅读文学作品，尤其热爱阅读、欣赏诗词类的作品，闲暇之余也喜欢写诗词。作品多有在行业刊物或小报上发表，多篇政研论文被省部行业政研会评为优秀论文。其中《企业文化初探》一文获中国社会科学与经济发展高级研讨会优秀论文，并入选《成果精选》一书。

1 为唐禹民先生《水墨画》题

水墨丹青出大家，河水凌空天上洒。
人鸟雾中自寻乐，远觅峻岭云中花。

（2021 年 11 月 12 日《沿海文学》发布）

2 小雪遐想

——为唐禹民先生《雪乡》图题

憧憬瑞雪时，小雪欣然至。
未睹大雪纷飞美，身在南方地。
遗憾?
仰望《雪乡》图，顿解心中遗。

群山披银甲，雪乡在雪中。
厚厚白雪盖屋顶，袅袅炊烟升。
人哪?
防疫不出门，老少聚家中!

（2021 年 11 月 24 日《沿海文学》发布）

3 卜算子·青春依然

七月庆华诞，举国颂党恩。
光耀历程九十载，青春依然在。

在政更自强，不断创辉煌。
引领国强民富时，党功与天齐。

（2011 年 6 月 30 日于广州）

4 渔家傲·重到纽约

按语：1999年12月到美国纽约时，登临过被称为“双子星”的双子塔。2002年11月再途经纽约时，已看不到傲视世界的“双子星”。感慨之余，填词一首。

又见纽约曼哈顿，风光亮丽迷人。
四处寻觅“双子星”，
只见废墟堆，嗟叹铁丝围。
哈德孙河乘船游，百年老桥依旧。
自由女神不自由，孤独困小岛，冷眼看全球。

（2002年11月6日于纽约）

5 祝贺中国首次载人航天飞行成功

神舟五号遨太空，利伟壮志贯长虹。

探究苍穹无尽秘，终圆千年飞天梦。

（2003 年 10 月 16 日于广州）

6 襄阳游二首

襄阳怀古

古代战场何处觅？襄阳城墙见真迹。
金戈铁马声犹在，长矛大刀相搏击。

到隆中

终于如愿到隆中，拜谒先贤心中梦。
“三顾”美事传千古，鞠躬报国万世颂。

（2021 年 4 月 16 日于湖北襄阳）

7　祝贺新中国七十二周年华诞

六十花甲又一纪，人生已是古来稀。
伟大祖国却不同，青春焕发正当时。
百年承诺已实现，小康生活日新异。
初心不改为民志，中华崛起创神奇。

（2021 年 9 月 29 日于广州）

8 重学党章有感

党章共近二万字，字字句句如金子。
震撼心扉热血涌，触动思想辨是非。
纲领目标永牢记，理想信念不偏离。
自觉履行八义务，先进永葆党旗帜。

（2005 年 7 月 10 日于广州）

9 红旗永远飘神州

——纪念建党 90 周年感怀

星火燎原九十秋，惊醒雄师仰天吼。
抗日驱蒋夺政权，中华民族获解救。
矢志不渝遵马列，浴血奋斗为自由。
铁锤镰刀所指处，红旗永远飘神州。

（2011 年 6 月 30 日于广州）

10 七律·韶赣高速[1]，吟怀

韶赣沿途似画廊，鲜花开满路两旁。
梅关驿道古风在，乡邑珠玑祖祭忙。
马坝猿人溯远迹，南华香火旺炉堂。
轻骑一路春山好，又见丹霞泛碧光。

（2013年9月12日于广东韶关）

---

① 韶赣高速：指广东韶关至江西赣州的高速公路。全程风光秀丽，美景多。如诗中的梅关驿道、珠玑巷、马坝猿人遗址、南华寺（六祖道场）以及丹霞山等。

11 七律·登滕王阁

千年胜景数滕王，敬仰先贤登阁忙。
拜读三王[1]翰墨记，犹闻骚客赋豪狂。
登高远眺晴川色，倚槛悠听笛韵长。
岁月如烟缥缈过，人间巨变正兴昌。

（2015年10月20日于江西南昌）

① 三王：指王勃写《滕王阁序》、王绪写《滕王阁赋》、王仲舒写《滕王阁记》。

12 七律·登麦积山感怀

秦岭丛中一险峰，形如麦垛傲苍穹。
佛尊万座悬崖立，天际满眸呈锦虹。
石窟传奇惊世界，雕琢绝艺显殊功。
不求现世求来世，事理穷通壁画中。

（2016 年 9 月 8 日于甘肃天水）

13 七律·登黄山

遍游五绝[1]赞黄山，鬼斧神工彩画般。
迎客奇松聚靓影，冲天峭壁喜登攀。
神来飞石凌空立，卧佛真如顶礼间。
极目峰峦翻绿浪，登高自可见真颜。

（2013 年 5 月 11 日于安徽黄山）

---

① 五绝：指黄山五景。

卷七

◆

杨风祥诗选

杨凤祥，1964年3月29日生，祖籍河南省泌阳县，现居北京。经商，业余爱好写作。早年为教师，同时兼任《通讯员报社》特约通讯员，泌阳县广播电视台站外记者，在省市及县电台发表稿件多篇。

1 元旦思怀

新的一年，新的一天，
前瞻光明一片。
憧憬着美好，幸福满满！

过去的一年，过去的每一天，
凝神静思大事篇篇——
晚舟还家、神舟问天，
两会胜利闭幕，郑州抗洪，举国战新冠！
……
天灾人祸阻经济，举世维艰！
喜辛丑已过，
贺壬寅多欢！

（2021 年 12 月 30 日于北京）

2　中秋月景

屋顶上，一颗洁白宝玉，
嵌于碧空。
草丛间，一点如银荧光，
晃在叶间。
夜已深，一片悠然宁静，
幽蕴夜空。
美景在，一轮明月普照，
南北西东。
寄真情，一腔丹心映月，
心月与共。
合家欢，一团和气至祥，
福满苍穹！

（2021年中秋夜于天津）

3 手中月

皓月皎洁洗碧空，亮夜幽静赏月明。
只手托起心中月，欲献善良与真情。
微眯合手许宏愿，顿首叩谢月显灵。
吾胸自有诚心在，他日定能展美景。

（2021 年 10 月于北京）

4 树和叶三首

其一

经年屹立自成行，枯叶叠卧满路旁。
入泥腐化成沃土，枝繁叶茂树粗壮。

其二

树入深秋叶落狂，定是无风树下黄。
若有秋风溜地走，哪有黄叶地当阳。

其三

望树木参差成行，经年累月茁壮长。
久经四季岁枯荣，坚毅不屈向沧桑。
深秋叶落满地黄，入泥为土最痴狂。
本是同根实无怨，只为枝干粗又壮。

（2021 年 10 月 3 日于北京）

5 园丁美

九月风儿轻轻吹，落地黄叶伴风飞。
叶疏枝头秋景美，粒粒硕果高人培！
十年树木成栋梁，百年育人终有为。
园丁辛劳必得报，万人崇敬获赞美。

（2021 年 9 月 8 日于北京）

6 醉半仙

一壶小酒后，信步园中遛。
幽幽路边景，花草树皆有。
畅然收美色，半醉往家悠。
借兴挥笔墨，拙作会诗友。
文墨既成章，心灵方自由。
交友献灵魂，诗文众合谋。
言欢把酒尽，酒醉弃千愁。
欢乐诗友会，其乐融中求。

（2021 年 8 月 10 日于天津）

7 夜半惊雷

睡梦之中响惊雷，雷公意欲唤醒谁?
谁人迷糊听风雨，雨打玻璃似轻捶。
捶声渐急雨加雹，雹掷铁屋如鼓椎。
椎噪之声忒惊恐，恐惧哪位难入睡?

（2021年8月9日于北京通州）

8 咏　柳

——池边柳

风平水静柳丝垂，倒影婷婷绿意随！

柳丝无意钓池鱼，无奈鱼儿常献媚！

（2021 年 6 月 28 日于新北京半岛）

9 知　足

富贵吉祥实中求，善恶美丑心间留！
脚踏实地身自稳，吾日三省定乾坤！
年年奔波日日乐，艰难岁月神仙活！
不求满升米于斗，只愿凭心过日月！

（2022 年 1 月 31 日早上于北京）

10 夜半雷雨

昨夜，风雷起，
闪电照树舞，
叶在飞。

昨夜，风雷起，
尘土在飞扬，
雨点稀。

昨夜，风雷起，
狂风携雨在怒吼，
骤雨急！

昨夜，风雷起，
雨水速汇成激流，
向低溪！

昨夜，风雷起，
夜半灯下看车飞，
水分离！

昨夜，风已停，

雷声止，

风雨之后有闲息！

（2021 年 8 月 9 日于北京）

11 如果没有雪……

天

天很净，净得没有一丝云，
像静静的裸卧少女！
天很蓝，似湛蓝湛蓝的巨布，
纯青——多想扯下披在我的身！

树和阳光

树叶很绿，绿得能让我想到盛夏避暑的凉荫。
阳光明媚，媚得似春妮暗送的秋波。
让我眼花缭乱，给我无限遐想！
——这是冬天吗？

风与雪

风是暖的，暖在我的脸，好似春风拂面。
白雪默默地躺在大地上，
欣赏着蓝天，享受着绿荫，
也感受到了阳光的爱抚！
若无地上皑皑雪，岂知此时已严冬？

我

如果不是岁月的雕刀，给我留下人间记忆；

如果不是岁月的白霜，染就我的双鬓；

那么我依然是昨天的自己！

（2021 年 11 月 11 日于新北京半岛）

12 爱情传奇
——七夕随笔

仙女思凡到人间，喜与牛郎结良缘。
恩爱缠绵天地羡，玉帝闻讯逼回天。
天意难违天庭返，神牛驮郎急追赶。
眼见牛郎就追到，王母银簪造河拦。
神牛喝干六河水，奋蹄疾驰勇当先。
霎时牛郎又追到，七条玉河拦牛前。
河水这次未饮干，神牛撑死于河边。
七仙弃泪回头看，自此爱人两茫然。
仙人相恋感动鸟，鹊儿搭桥七夕见。
牛郎织女爱相传，甜美爱情人人盼。

（2021 年 8 月 13 日于首创国际半岛）

13 中元节：忆父母

其一

游子在北家在南，一年四季家难还。
适逢中元念父母，无奈父母已作古。
修得一诗寄忧伤，唯愿父母上天堂。
秋雨滴滴悲伤泪，秋风携念奔家乡！

其二

中元秋风悲又凉，离乡游子痛忧伤。
些年父母已仙逝，双亲厚葬于故乡。
十字路口焚纸钱，南风代吾送高堂。
秋雨绵绵泪如雨，悲伤至极湿衣裳。

（2021 年 8 月 20 日）

14 秋夜之声

昨晚，郊外家中，
夜深因闷而苏醒，
开窗欲通风。

前窗开罢，开后窗，
顿时凉风迎面冲，
穿窗风留声！

闭眼、卧床、
盖薄被，
静闻窗外和鸣……

偶闻树上，惊鸟叫，
也有秋蝉凑嘤。

清晰可辨，蟋蟀叫，
又有蝈蝈辅声。

细细听——

有蚯蚓向虾索要眼睛的
“虾虾虾”之声……

深夜，
杂乱而清晰的曲还未终。
我却渐渐进入梦中……

（2021 年 8 月 24 日于新北京半岛采薇寓所）

15 唐山地震 45 周年祭

追忆

四十五年的风，吹不走追忆梦里！
四十五年的雨，抹不去思念泪语！

当年今日

天玄黄，地翻覆，
数十万苍生命作古。
墙已倒，房已塌，
吃没吃，花没花，
此时唯有靠国家。

重建

虽是天灾似无情，全民力量大无穷。
你献物，我劳动，
各尽所能显英雄。
你增砖，我加瓦，增砖加瓦塑唐荣。

今日

四十五载春秋过，在世之人忙劳作。

人人吃苦守承诺，唐城处处赞歌多。

（2021 年 7 月 28 日）

16 三亚南山公园游记（三首）

擎天柱

南海名柱擎蓝天，
男女各顶天半边！
雌雄双灵望南海，
唯有涨潮把手牵！

蝴蝶泉

南山脚下有双泉，
神似蝴蝶把羽展。
泉中自有两汪水，
谁知是咸还是甜？

日月神石——遥望日月“山”

日月神石南海中，
此山虽小自有灵。
日月异辉由天定，
月掌夜晚日主明！

（2021 年 6 月 27 日于海南）

卷八 ◆ 张芬之诗选

张芬之，男，安徽灵璧县人，原任《中国新闻出版报》总编辑、高级编辑，曾担任中国新闻奖和国家新闻高级职称评委会委员，1993年被批准享受国务院政府特殊津贴，1997年被北京广播学院（2004年8月更名为中国传媒大学）聘为新闻出版方向兼职博士生导师，1997年加入中国作家协会。参加新闻出版工作四十余年，在中央和省级报刊发表通讯、散文、诗歌、言论等作品两千余篇，创作并出版《生死一步之遥》《人生是杯苦酒》《爱的心语》《报海拾贝》《报苑随笔》《出发——我的如谜人生》等著作20部。

1 人生之歌

人生是一本书，
人生是一部剧，
人生是一支歌，
人生是一首诗，
人生是锅碗瓢盆交响乐，
人生是苦辣酸咸甜，
人生是两眼一睁忙到熄灯，
人生是上学工作生儿育女，
人生是爬大山蹚大河，
人生是阳光与风雨同在的岁月，
人生是无休无止的烦恼与欢乐共处的生活。

人生在世，
无论务农还是做工，
无论做官还是老百姓，
家家都有自己的歌声与笑声，
家家也有自己难念的经。
婚礼或宴会上人们常说，

祝您万事如意、永远健康，
实际上十事不顺心者有八九，
万事如意永远健康，
只是一种期望与幻想。

人生苦短，
人生如梦，
人生是一次没有回程的旅行。
人生如同自然界，
有春天夏天秋天冬天，
人亦有幼年青年中年老年。
今天风和日丽阳光灿烂，
明天就可能乌云压顶风暴雨狂。
老天爷对谁都不客气，
你休想一帆风顺心想事成，
有时还有意想不到的挫折与灾难，
所以做人心态要平静。

面对困难不皱眉，
偶遭灾难不悲观，
风物长宜放眼量，

目光如炬明方向，
砥砺奋进不停步，
百折不弯向前闯。

（2022年3月18日于北京）

2 看　透

人生一世白驹过隙，
要看透看清看淡人生。
婚姻健康儿女家庭，
天意缘分命中注定。
功名利禄荣华富贵，
身外之物过眼云烟。
应顺其自然莫强求，
是你的就是你的，
不是你的巧取豪夺弄到手，
不知何年何月会统统失去，
这是生活的辩证法，
不以你的意志为转移，
有时还让你觉得冷酷无情。

人来到世上，
是个极偶然的因素，
要锐意进取奋发图强，
立志做好事善事，
爱祖国爱人民爱父母，

爱学习爱劳动爱运动。
古人云，
头上三尺有神明，
人在做天在看，
切莫花花肠子心存侥幸。
人生舞台多姿多彩，
人人都有应扮的角色，
人人亦是全天候的演员。

雁过留声人过留名，
做人就要像雷锋，
把有限的生命，
投入到无限的为人民服务之中，
忠诚勤勉，
与人为善，
把握平淡，
顺其自然，
胸怀宽广虚怀若谷，
知道山外青山楼外楼，
守法纪讲诚信，
不越法纪雷池半步，
不做言而无信投机钻营的小人。

人皆肉体凡胎，
都有七情六欲，
金无足赤人无完人，
要善于节欲制怒，
培养良好习惯，
乐施好善见义勇为，
以古今中外贤人志士为榜样，
践行社会主义核心价值观，
做一个有益于祖国，
有益于社会，
有益于人民，
坦坦荡荡光明磊落大写的人。

（2021 年 6 月 12 日于北京）

3 夕阳颂

霞光满天，
夕阳灿烂，
这是人生收获的季节，
亦是经年奋斗获得的成果。
人总是由年幼，
一天天走向成熟，
也是一年年成就了事业或辉煌。
不要以为，
年过半百，
已是夕阳，
有点兔子尾巴，
来日不长，
实际上夕阳很美，
来日方长。
只要放松心态，
看淡云卷云舒，
老骥伏枥，
志在千里，

养生健体吟诗赋，
最美莫过夕阳红。

（2021 年 10 月 10 日于北京）

4 花与人

风吹，
花落，
红的白的，
绿的黄的，
飞飞扬扬，
凄凄惨惨，
落了一地。
恰似黛玉葬花，
令吾心生怜悯。

风吹，
花落，
花落，
风吹。
生生死死，
死死生生；
先生先死，
先死先生。
花与人一样，

都有春夏秋冬，
亦有万紫千红；
花又与人异，
年年花开，
风吹花榭。
花重生，
生生不息复年轻。
人啊！
一生一世
仅一回，
死了驾鹤去，
难见再复生。

（2022 年 4 月 23 日晨）

5 心　意

心意，如歌；
心意，如诗；
心意，如诉；
心意，如泣。
心意，是心的表白，
心意，是情的传递。

心意，是一种希冀，
心意，是一种寻觅。
心意，来自天意，
心意，发自心底。
心意，忠洁如玉，
心意，目光如炬。

心意，何其执着，
心意，完全彻底。
心意，好似彩虹，
心意，犹如春雨。
盼心意，心想事成，

愿心意，顺心如意。

（2021 年 6 月 30 日于北京）

6 快乐过好每一天

生活
是春夏秋冬；
生活
是朝朝暮暮；
生活
是油盐酱醋茶；
生活
是苦辣酸甜咸；
生活
是五彩缤纷的遇见；
生活
是连绵不断的体验。

人生
是走向坟墓的旅程，
无论是高官，
无论是富豪，
无论是平民，
都一视同仁。

都或迟或早，
都或快或慢，
一律赤条条来，
一律赤条条去。
谁都不可抗拒，
谁也无法改变，
这是生死定律，
这是人生之必然。

每每想到这些，
我就眼界广阔，
我就胸怀坦荡，
我就浑身轻松，
我就快马加鞭。
一分耕耘，
一分收获，
一次欢乐，
一次痛苦，
甘苦自知在心田。

过了春天是夏天，
秋天过去是冬天，

就这样
树叶绿了黄了落了，
鲜花开了香了败了，
让我越来越看懂了，
生活与人生
越来越有了紧迫感。

人生旅行一去不返，
不要那么多阴谋诡计，
不要那么多金山银山，
不要那么多钩心斗角，
不要那么多互相攀比。
健康第一，
平安第二，
自由第三，
亲情友情爱情第四，
其余都是零。

忙忙碌碌地奔波，
快快乐乐地生活，
如饥似渴地学习，
有滋有味地活着。

就这样，

日复一日，

年复一年，

健健康康，

快快乐乐，

过好每一天，

跨过每一年。

（2022 年 4 月 16 日晨）

7 每当想起党的生日

每当想起党的生日，
李大钊毛泽东周恩来，
多少伟岸的身影浮现在脑海。
在那血雨腥风的年代，
是他们冒着生命危险，
义无反顾集合在镰刀锤头的旗帜下，
为了灾难深重的中华民族，
为了解救千千万万劳苦大众，
不惧风雨雷电，
不怕流血牺牲，
宁可吃尽千般苦，
也要解放全中国。
他们的功勋如日月，
他们的英名震山河。

每当想起党的生日，
董存瑞黄继光邱少云，
多少先烈的高大形象屹立在眼前。
是他们举起炸药包，

炸掉美帝喷火的碉堡；
是他们挺起血肉的胸膛，
猛地堵住敌人狂射的机枪；
是他们隐藏在秘密的草地，
被烧成灰烬也不挪动一寸地方。
为了人民的解放，
为了战争的胜利，
抛头颅洒热血，
甘愿把年轻的生命献上。

每当想起党的生日，
王进喜焦裕禄雷锋，
多少英模的名字回响在耳旁。
为了祖国甩掉贫油的帽子，
战严寒饮狂风，
石油工人一声吼，
地球也要抖三抖；
为了改变兰考的贫困面貌，
数九寒天访农户，
封沙育林栽泡桐，
强忍肝痛奋斗到生命最后一息，
临终嘱托亲友把尸骨埋在沙丘，

要亲眼看到人民过上好日子；
毛主席的好战士雷锋，
敬业爱岗助人为乐，
对敌人像秋风扫落叶一样残酷，
对人民像春天般温暖，
把有限的生命，
投入到无限的为人民服务之中，
为全国树立了一代新风。

每当想起党的生日，
当年入党的情景仍历历在目，
那是“文革”动乱的岁月，
在军营里吐故纳新，
成为中国共产党的一分子。
转眼间半个多世纪过去，
是党的阳光雨露养育了我，
使我一步步成长成熟起来。
当迎来党的一百岁生日，
我热血澎湃异常激动，
没有共产党就没有新中国，
没有共产党也没有繁荣富强的新时代。
“光荣在党50年”纪念章即将颁发，

我虽是白发苍苍的古稀老者，
也要不忘初心牢记使命，
永远缅怀伟大领袖的丰功伟绩，
永远崇敬革命先烈的英勇不屈，
永远学习无数英模的光辉榜样，
永远保持共产党员的先进性，
甩开膀子带头干，
信心百倍跟党走，
一张蓝图绘到底，
为中华民族谋复兴，
为全国人民谋幸福，
为实现梦寐以求的中国梦，
艰苦奋斗，
奋斗终身。

（2021 年 6 月 30 日于北京）

（2021 年 7 月 1 日《沿海文学》发布）

8 美

美有许多种，
美的面孔，
美的装扮，
美的行为，
美的花朵，
美的风景，
美的心灵。

早春二月，
一天上午十点多钟，
我看见一位三十多岁的女性，
瀑布似的披肩黑发，
戴着一副白边眼镜，
左手提着淡黄色的纸袋，
右手戴着透明的塑料手套，
走在北京方庄三环路的人行道上，
不时弯下身去捡起路上的枯枝败叶，
一次又一次蹲在路边，
捡起丢弃的一个又一个烟头，

那个动作十分轻盈，
那个行为自愿自觉。
刹那间，
我的眼眶有点湿润，
心底涌起了钦佩的波涛。

这位年轻漂亮的女子，
分明不是清洁工，
她是一位普普通通的路人，
但她这种看似平凡的举动，
不只是勤劳，
不只是爱干净，
而且有着一颗美好的心灵，
多么纯洁，
多么鲜红，
多么亮丽，
多么令人肃然起敬。

（2021 年 2 月 19 日于北京）

（2021 年 2 月 20 日《大地风云》发布）

9 珍　惜

人生在世，风风雨雨，困难重重，
要学会应对，也要学会珍惜。
珍惜是一种理念，珍惜是一种美德；
珍惜是一种财富，珍惜是一种智慧。

珍惜光阴，一寸光阴一寸金，
寸金难买寸光阴。
光阴如梭，稍纵即逝，
浪费了就永远失去，要视光阴如生命。
学会珍惜每一秒，学会用好每一分。
让分分秒秒不虚度，愿月月年年不平庸。

（2021 年 3 月 9 日于北京）

（2021 年 3 月 12 日《大地风云》发布）

10 释　然

再奇妙的梦，也要醒来，
再黑暗的长夜，也将迎来黎明，
再漫长的雨季，总有风停雨歇的时候。
追求，是一个梦；执着，是一场雨，
梦醒来，雨停了，
仍要如常快意地生活，
只将留恋和遗憾藏在心底。

人生苦短，
没有平坦的大道，也没有一帆风顺的捷径。
要目光如炬，胸怀宽广，
容得下山岳百川，吞得了苦辣酸甜。
梦醒时，临窗放声高歌；
雨住了，抬头仰望彩虹；
这是苦乐参半的人生，
要永远微笑着风雨前行。

（2021 年 3 月 8 日于北京）

11 渴　望

渴望，是向往；渴望，是期盼。
渴望，是一生中值得珍爱的获得。
获得，是拥有；获得，是幸福。
获得，是辛勤耕耘的回报，
获得，是天赐的机遇良缘。
良缘，是友谊；良缘，是情愫。
良缘，可遇而不可求。
机遇，纯粹是天意。
良缘，千金难买，全凭真心诚意。
机遇，如电石火花，稍纵即逝。
聪慧的人，
善于把握和抓住机遇，
成就渴望，完成梦想，
让人生充满诗情画意。

（2021 年 6 月 16 日于北京）

12 倩　影

只因为刹那间多看了你一眼，
你的青丝，你的眉眼，
你的笑容，你的模样，
便悄悄地印在了脑海。
一天天，一月月，
朝朝暮暮，日升月落，
你好像时时刻刻在我面前走过，
留下一个倩影，
引起了美丽的想象。

思绪在奔涌，
心海在翻腾，
这是多么难忘的故事，
这是多么浪漫的过往，
期盼有一天梦想成真，
那该是怎样的一种模样。
有梦想，就有希望，
有情愫，就有向往，

期待梦幻变为现实，
让人生拥有精彩华章。

（2021 年《沿海文学》发布）

13 梦　境

月半空，秋意凉。
倩影绕身旁，
青丝搅动情愫，
梦幻落心窗。
心上人，在远方。
何日回故土，
朝暮驻心房。
期盼呢喃燕归来，
一杯香茗话别离，
夜半时分诗数行。

（2021 年简书发布）

14 元宵节随想

元为始，宵为夜；
冬将去，春已来；
万物苏，百花开。
逛灯节，吃汤圆；
相思浓，盼团圆。
人一生，苦且短；
唯渴望，征途上。
手相牵，情相连；
意相随，心相印；
两相悦，人长久。

（2022 年 2 月 15 日晨）

15 雷锋精神颂

敬业爱岗，
助人为乐，
把有限的生命
投入到无限的为人民服务之中，
是雷锋精神的核心，
似金子闪闪发光。

半个多世纪以来，
在毛泽东主席的倡导下，
长城内外，大江南北，
学雷锋树新风，
将新时代的雷锋精神光大发扬，
像滔滔黄河，奔流不息，
如巍巍长城，绵延不绝，
这是中华民族优良品德的传承，
亦是振兴中华，
共筑绚丽中国梦的磅礴力量。

让我们高举学雷锋的旗帜，

学雷锋，做好事；
树新风，育新人，
把温暖人心大爱无疆的雷锋精神，
一代又一代地传承下去，
为开创中华民族的丰功伟业，
贡献出自己的力量。

（2022 年 3 月 2 日于北京寓所）

（2022 年 3 月 5 日《沿海文学》发布）

卷九

陈昌才诗选

陈昌才，1952年1月30日生，原名陈昌财，教授、作家。男，汉族，江苏省盐城市射阳县人。当过水兵，曾任文史系主任、学报主编、执行校长、执行总编等。1985年开始发表小说、散文、诗歌、学术论文、专著等纸质或网络作品等300余万字。代表作有：专著《当代应用文指南》《闹市观潮》《治国理政箴言》《圜中秋韵》，以及学术论文《国学·博学与活学》、长篇通讯《在解决难题中创造教育的新辉煌》等。陈昌才的诗，力求情与境会，思与景谐，在诗境高远之处，探清雅之趣，得陶然之乐。

『沁园春·114字·词林正韵』

1 凝雨纷飞

时值隆冬，凝雨纷飞，淅淅悠悠。
望小楼内外，沟平壑满，苍茫一色，空寂难休。
恰遇归途，飞花无数，快马加鞭何处留？
难迢远，观赏唯老朽，感慨忧愁。

梦中万里神游，那年畅月南下广州。
看惊涛骇浪，扫除污垢；
水平如镜，化作丝绸。
天下文章，浩如烟海，哪个原创最为优？
请细览，我等诗词赋，再造千秋。

（2021年12月30日于新北京半岛寓所）

（2021年12月30日中国诗歌网发布）

『望海潮 · 107 字 · 词林正韵』

2 等　你

幸栖仙岛，京津冀会，四荒八极称佳。
漫野百花，层林叠翠，连绵十里人家。
流水绕桥斜，鸟鸣呼蛙叫，蝉唧天涯。
硕果丰收，嫣红姹紫顶呱呱。

小河清澈无瑕，有水梁二九，玉蝶枝丫。
闲退在兹，呼朋唤友，诗书球艺争夸。
雅苑宴宾嘉，竹林听吟诵，静看余霞。
颐养天年胜地，来客已当家。

（2022 年 1 月 11 日于新北京半岛寓所）

（2022 年 1 月 11 日中国诗歌网发布）

『水调歌头 · 96 字 · 词林正韵』

3 贺文代会作代会召开

俊彦出何处？畅月会幽州。
元魁莅阼教诲，春意盎然牛。
多少文思泉涌，胸中风雷激荡，呼友带吴钩。
兹去责任大，书写大春秋。

天人究，千古事，巨坛修。
笔端三界善恶，扬四美，绣神州。
当鼓诛邪示众，挥笔江山如画，紫气彩云留。
推旧出新事，应独占鳌头。

（2021 年 12 月 15 日于新北京半岛）

（2021 年 12 月 16 日中国诗歌网发布）

（2021 年 12 月 17 日《沿海文学》发布）

『满庭芳 · 双调 95 字，前后段各 10 句 · 四平韵』

4 学习雷锋好榜样

一缕清风，几多温暖，唤醒大地山川。
雷锋榜样，教化大千间。
馥郁涟漪南北，去腐臭、都是甘泉。
怀仁也，助人为乐，哪个已茫然？

都夸三不朽，唯那战士，滋润千般。
细微处，涓涓凝聚联欢。
君子一如既往，战邪恶、举荐忠贤。
初心在，政通人和，大路庆通天。

（2022 年 3 月 1 日于新北京半岛寓所）

（2022 年 3 月 1 日中国诗歌网发布）

『水调歌头 · 97 字 · 词林正韵』

5 河洲雅苑书斋偶感

淼淼碧清净，风约百禽留。
谁人为写辞赋，吟诵尔之洲。
不说闲情毫末，千古英雄豪杰，一剑觅封侯。
鸟瞰春秋事，几许使君愁。

古稀翁，何所事，踏高楼。
幼童危矣，饥寒交迫，幽黑处回头[①]。
舞象[②]从戎涨海[③]，无数三教[④]夫子，万卷唤余修[⑤]。
醒悟迷宫晚，击棹[⑥]立中流。

（2021 年 12 月 23 日于新北京半岛寓所）

（2021 年 12 月 23 日中国诗歌网发布）

---

① 幽黑处回头：作者八岁适逢三年自然灾害时期，吃野菜中毒，险丧命。

② 舞象：古时指十八岁的男子。

③ 涨海：中国南海的古称。

④ 三教：儒佛道，经典甚多。

⑤ 修：学习。《汉书·叙传下》有“束发修学”。韩愈《原毁》中有“一善易修”。

⑥ 棹（zhào）：划船的一种工具，形状和桨差不多。

『相见欢 · 36 字 · 词林正韵』

6 仲冬丙午寒风

按语：辛丑年农历十一月二十一，京津冀三角地带，北风呼啸，天气骤冷，友人相邀，小酌雅庭，推杯换盏，其乐融融。

仲冬丙午寒风，冷凌凶，
万木怒号嘶叫、尽苍穹。

情谊重，名利空，雅庭中。
热酒佳肴频传、论英雄。

（2021 年 12 月 24 日于新北京半岛）

（2021 年 12 月 27 日中国诗歌网发布）

『望蓬莱 · 54 字 · 词林正韵』

7 致敬抗疫一线将士

寅时起，风凛瑟然寒。
几颗残星遥相望，幽幽鱼肚蹈巡翩。
微曙迎炊烟。

临国难，俊杰勇趋前。
号角齐鸣金鼓响，手挥三尺降魔鞭。
天下得平安！

（2022 年 1 月 19 日于新北京半岛寓所）

（2022 年 1 月 19 日中国诗歌网发布）

『水调歌头·97字·词林正韵』

8 牛辞旧岁去，虎迎新年来

八百里云外，斑子要巡山。
流年往事过去，不过转梭间。
天下如诗如画，多少英雄拼搏，默默谱新篇。
侠义兼忠烈，感激在心田。

百花开，蝴蝶舞，凯歌旋。
扫除邪恶，人间正道，全部得康安。
可约超凡入圣，欢聚开怀豪饮，有力挽狂澜。
使命依然重，我辈再登攀！

（2022 年 1 月 30 日于新北京半岛寓所）

（2022 年 1 月 30 日中国诗歌网发布）

『满庭芳 · 双调 95 字 · 前后段各十句 · 四平韵』

9 致敬七十周岁

春梦初醒，对歌恨晚，捋须斟酌杯休。
少时贫困，艰难三餐愁。
豪气应征南粤，嘉奖数、辞别吴钩。
携经典，漂流幽燕，冷暖在心头。

未酬不敢后，寒窗十载，独上高楼。
只立言，新文祈许鳌头。
今夕归帆渐远，叹分合、一洒悠悠。
逍遥路，风烟俱净，放旷铸春秋。

（2022 年 1 月 29 日于新北京国际半岛采薇雅苑寓所）

（2022 年 1 月 30 日中国诗歌网发布）

『六州歌头 · 143 字 · 词林正韵』

10 祝贺北京冬奥会成功举办

五环令下，云集众英雄。
寰宇动，乾雨弄。
比拼中，往前冲，会战全城空。
冰刀重，迷圈懵，银玉送，灵豪纵，贯长虹。
迎战四方，春色渐争宠，竞献朱红。
燕山看大赛，协力射弯弓，一啸长风，乐融融。

有非凡梦，将神勇，为大众，鼓帆篷。
寒冷冻，科学控，技能穷，练奇功。
三亿冰场涌，期颐懂，小儿童。
群倥偬，黎明动，悉从容，勿请还来，活动几多种，剑破苍穹。
看中华儿女，赳赳舞东风，万世之雄！

（2022 年 1 月 28 日于新北京半岛寓所）

（2022 年 1 月 28 日中国诗歌网发布）

『少年游 · 50字 · 词林正韵』

11 龙吟虎啸

龙吟大海起滔浪，战舰下南洋。
虎啸山冈，谁不咸服，来试我锋芒？

踏遍山河千万里，策马到边疆。
驰骋塞外，一骑陷阵，挥剑敌酋降。

（2022 年 2 月 4 日于新北京半岛采薇雅苑寓所）

（2022 年 2 月 5 日中国诗歌网发布）

『南乡子 · 56 字 · 词林正韵』

12 新北京半岛上元

飨罢大汤圆。狂放不羁踏野边。

乾雨乘兴才思艳，翩跹。

歌舞升平迎赞叹。

漫地又漫天。黯淡沉沉欲尔牵。

火树万花疑盛宴，神仙。

我在蓬莱那一边。

（2022 年 2 月 14 日于新北京半岛河边）

（2022 年 2 月 14 日中国诗歌网发布）

『七律 · 七阳 · 平水韵』

13 大寒时节抗疫忙

大江南北急匆忙，寒凛瘆人透衣装。
时和年丰三更起，节风豪气有担当。
抗横传播论科学，疫鬼根除有主张。
壮士勇为康宁道，朝乾夕惕党旗扬。

（2022 年 1 月 18 日于新北京半岛）

（2022 年 1 月 18 日中国诗歌网发布）

『七律 · 平起 · 首句押韵 · 平水韵』

14 误把雪花当梨花

漫天飞雪似梨花，随意潇然落有涯。
春舞银蛇何所思，飘临雅苑作诗夸。
寒流突袭阴风冷，暖日微微碧空斜。
春雪不嫌春色缓，殷勤邀我看奇葩。

（2022 年 3 月 17 日写于新北京半岛寓所）

（2022 年 3 月 17 日中国诗歌网发布）

『五律 · 仄起 · 平水韵』

15 窗外巧燕鸣

台历将更变，乾坤灭疫情。
寒风凌面吹，暖气缓来迎。
江海冰虽厚，孤帆逐渐明。
书斋谙世事，窗外巧燕鸣。

（2021 年 12 月 31 日于新北京半岛寓所）

（2022 年 1 月 2 日中国诗歌网发布）

16 彩云在洲头

可曾结伴游？都在画中走。
林海多神话，美景飚锦绣。
才子吟新作，佳人出素手。
百鸟和鸣颂，彩云在洲头。

（2020 年 10 月 6 日于新北京半岛河边）

（2020 年 10 月 9 日中国作家网发布）

17 贺钟南山等荣获国家表彰

龙吟虎啸，惊天地、风起云涌。
数英豪、盘古后羿，姜尚周公。
日月山河重安排，秋去春来舞东风。
壮也哉、一路凯歌扬，创奇功。

炼七彩，补苍穹；清尘世，定九重。
了却悲愁苦，四美正红。
轻歌曼舞瑶池宴，除妖降魔笑谈中。
何许人、前无古人矣，大英雄。

（2020 年 9 月 6 日于新北京半岛寓所）

（2020 年 9 月 9 日中国作家网发布）

18 聚贤楼

诗友文朋聚小楼，举杯约，共春秋。
锦绣文章传五洲。
不懈追求，天人合一，平淡岂能休。

小楼千层万卷书，装满悲欢离合愁。
吟诗作赋竞风流。
诗人情趣，笔下风雷，各有千秋。

（2021 年 6 月 25 日于新北京半岛寓所）

（2021 年 6 月 27 日中国诗歌网发布）

19 诗友和应之吟

按语：2021年4月1日，陈昌才、张芬之、周献国等先生就“春暖花开”邀约文朋诗友许尚明先生北上欢聚之“和应之吟”，别有一番情趣。值此专达，以飨亲朋也。

春暖花开，小河两岸，结伴采薇。
看十里雅苑，琅嬛福地；
迁客骚人，多会于此。
琴棋书画，吟诗作赋，歌舞球牌竞快意。
细思量，有多少故事，倾泻酒杯。

今朝芳邻共游，吟不尽不负春光诗。
恰树木花草，竞相吐翠；
争奇斗艳，强势来袭。
春风化雨，喜笑颜开，满园飘香扬新奇。
齐声赞，我之故乡兮，梦想放飞！

（2021年4月1日于新北京半岛寓所）

（2021年4月6日中国诗歌网发布）

卷十 · 祖国柱诗选

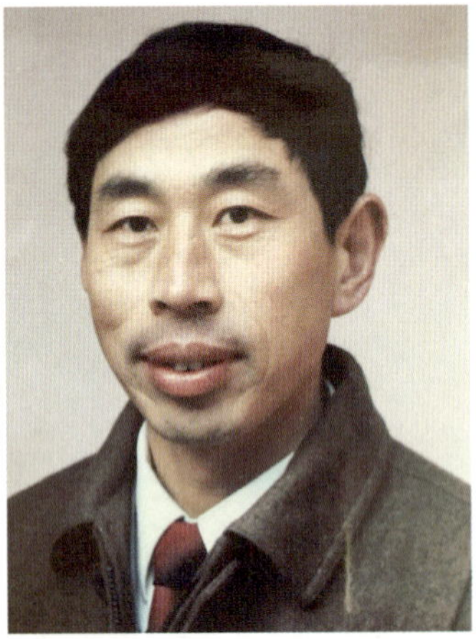

祖国柱，1954年9月30日生，男，汉族，江苏射阳县人。当过测绘兵，后在地方规划建设部门供职多年，于2014年9月退休。文学爱好者，时有散文、诗歌等文学作品在媒体发表。

1 冰天雪地舞翩跹

北京冬奥，群雄竞技；
斗艳争妍，如火如荼。
我中华健雄，龙腾虎跃；
勇夺桂冠，捷报频传。

溜冰滑雪，国之传统；
远古时代，冰嬉运动。
热火朝天，看今朝；
冰雪运动，方兴未艾。
从北国到南疆，从东海到西域；
蔚然成风，精彩纷呈。
更可喜，许多体坛小将，初生牛犊；
钟爱冰嬉，成为“冰天雪地”中亮丽的风景。

“冰天雪地”，成了强身健体的好项目，
成了旅游观光的好去处，
成了崭新的经济增长点。
“冰天雪地”也是金山银山。

冬奥圣火，熠熠生辉；

奥运精神，永不褪色。

“冰天雪地”正敞亮着宽阔的胸膛，

任你飞转舞翩跹！

（2022年2月10日中国诗歌网发布）

2 虎年贺春

虎啸山林嶰管[1]妙，龙腾云天青律[2]俏。
冬奥盛会抖虎威，屠苏醉饮迎春到。

（2022 年 2 月 1 日中国诗歌网发布）

---

① 嶰管：古时以嶰谷所生之竹而做的管乐器，亦用作一般箫管等管乐器的美称。

② 青律：青帝所司之律，古代神话中青帝为司春之神，青律也就是冬去春来之意。

3 新年感怀

普天迎元日，欢歌万象新。
炮鸣花飞，梅俏傲雪分外馨。
篁柳老态初醒，冰河泛起春潮，天地放光明。
人民敞心扉，共咏国泰宁。

又新年，白发增，舞象[①]心。
人近古稀是何？壮年尚年轻。
吹箫拉琴开怀，淮腔[②]柔情养神，作美文诗吟。
年夜樽壶醉，春光沁心灵。

（2022 年 1 月 17 日中国诗歌网发布）

---

① 舞象：古指十八岁男子。

② 淮腔：指作者家乡的淮剧。

4 梅花喜欢漫天雪

一幅
老笔记本中的
插图——
梅花喜欢漫天雪，
我珍藏了好久好久。

梅花鲜红，
暗香浮动，
白雪洒落在梅枝上，
厚厚的，
与梅花相拥，
欲给她呵护和温馨。
梅花，
亭亭玉立，
笑迎寒风，
红晕泛眸，
给雪点睛之笔。

雪，

绝配梅；
梅，
独恋雪。
他们，
卿卿我我，
相约严冬，
把美妙的青春
烂漫成
亮丽的风景，
如痴如醉地
演绎着
春的序曲。

这幅图，
留给我
许多美好的回忆，
记载着
一桩桩难忘的往事。

（2022 年 1 月 12 日中国诗歌网发布）

5 “国球”舞太空

三名勇士[①]似神仙，遨游长空近百天。
休闲一刻玩“国球[②]”，乒乒乓乓舞翩跹。
此举感动世翘楚[③]，国梁[④]约邀细切磋。
银球[⑤]跳珠织彩虹，众星宇宙齐祝贺。

（2021年9月1日中国诗歌网发布）

① 三名勇士：指“神舟十二号”上的三名宇航员。
② 国球：指乒乓球。
③ 翘楚：指在事业上杰出的人。
④ 国梁：指刘国梁。
⑤ 银球：指乒乓球。

6 五九看柳

五九首日，
小年当天，
吾，
兴致勃勃，
携老伴河边漫步。

风，
呼呼；
天，
阴沉；
寒意依然。

抬头间，
眼前豁然开朗。
在冬的世界里，
那被人们
早已看够了的老树枯枝，
悄然跃动着丝丝绿色。
那是，

春的前奏，
温馨的号角。

看，
河边垂柳
枝条上，
泛起点点嫩绿，
毛茸茸，
隐约约，
远眺，
似纱幔轻扬，
柔媚可人，
水中之倒影，
随波荡漾，
叆叇迷醉。
此情此景，
正是
“吹面不寒杨柳风”。

（2022 年 1 月 27 日中国诗歌网发布）

7 清晨，第一缕阳光

清晨，
第一缕阳光
从东南方向
高楼缝隙中穿过，
飘落在我家的阳台上，
顿时，
令我眼前一亮，
呵——
美好的一天，
又——
开始了。

第一缕阳光
透过窗户
折射着白色纱幔，
把整个客厅
打扮得清亮光鲜。
第一缕阳光
零散洒滴在盆花上，

使“一帆风顺”更挺拔，
让“节节高”仿佛又提升了许多。
第一缕阳光
开启美好心情，
送达人间温存。
我
愿做
清晨第一缕阳光，
让人们认识我，
钟爱我。
我愿
把心底深处的温暖，
洒满大地，
遍及人间 。

（2021 年 12 月 6 日中国诗歌网发布）

8　大寒爷孙忙午宴

大寒日，
冷极致，
消寒补阴保健康。

午宴，
谁掌厨？
初一孙子勇担当，
“我来露两手”，
没想到，
首进厨房，
初试牛刀，
把锅弄铲好自如，
俨然就是一大厨。
第一道，
锅盔回锅肉，
五花肉片加馒头，
调以蚝油豆瓣酱，
再加蒜苗和葱段，

锅气荡漾香四溢，
川味十足真地道。
第二道，
自创有新意，
土豆，
蒸熟了，
油锅煎黄之，
淋上蛋液再调味，
美其名曰，
“金山望春”。

爷我，
今日当配角，
为孙服务，
乐开怀。
眼看小孙渐成人，
好学向上路宽广。

一家三代，
大寒宴，
四菜一汤，

格外鲜。

家庭和睦精神爽，

期待春日虎威扬。

（2022年1月20日中国诗歌网发布）

9 美味，青菜豆腐汤

过大年，
吃大餐，
喝海酒，
真有点腻了。

初十了，
看着那
一盘盘
一碗碗的大鱼大肉，
实在
没有了胃口。

中午，
老夫亲自
烹制了一大砂锅
青菜豆腐汤，
油盐葱姜少许，
无须刻意调味，
看那，

一清二白
在锅里翻腾，
好养眼，
尝一口，
清爽可口，
舒心沁肺，
好美味。

俗话说，
青菜豆腐
保平安。
它，
健康佳品，
节日美食；
它，
一清二白。
我们，
做人，
立事，
皆应如是。

（2022 年 2 月 9 日中国诗歌网发布）

10 中元祭拜续孝心

七月中元节，虔诚思双亲。
鲜花叩坟头，文明祭拜馨。
孟秋收获季，廪请君“尝新”。
千古传伦理，万代续孝心。

（2021 年 8 月 31 日中国诗歌网发布）

11　我曾是个兵

按语：值建军94周年之际，老夫心潮澎湃，感慨万千。遥想当年，我曾是一名测绘兵。

十八高中刚毕业，适年从戎喜悦恺。
慧眼精准定经纬，巧手细描绘七彩。
南下北上走金瓯，攀崖下海潇洒来。
青春热血染画图，今生无悔乐开怀。

（2021年7月20日中国诗歌网发布）

12 仲冬战友逢

按语：闻一位老战友身体不适，我等前往看望。老战友相逢，欣喜若狂，谈天说地，快乐无穷。

仲冬凛冽寒风，透心冷。
寒梅傲雪凌风分外红。
战友逢，情谊重，谈笑中。
难忘彩绘金瓯建勋功。

（2022年2月16日中国诗歌网发布）

13 “情人节”同学小聚

情人节，
我请
同学聚，
双双对对赴约来。

欢聚一起，
面面相觑，
喜开怀。

对视看，
两鬓白霜，
脸颊微波，
书写岁月与春秋。

对酒当歌，
乐滋滋，
忆往昔同窗，
情浓意切话短长，
碰杯有声，

心心相印多爽朗。

今日，
说是情人节，
我等
老年古稀之辈，
够潇洒，
待明日，
元宵佳节再升温，
携手并进，
再话恩爱百年长。

（2022年2月16日中国诗歌网发布）

14 缘

高中毕业各东西，从戎务农或工商。
畴昔忙碌难聚首，半个世纪转眼间。
如今同窗已古稀，闲年夕阳常来往。
笙箫丝弦歌又舞，结缘琴瑟话沧桑。

（2022 年 2 月 3 日中国诗歌网发布）

15 看《夺金》有感

场场激情看争光，拳拳赤子拼命郎。
银球飞扬弄东风，国威震撼五洲扬。
老夫当年好运动，曾在小地有市场。
健身强国全民愿，追梦路上好荣光。

（2021 年 10 月 13 日中国诗歌网发布）

卷十一 ◆ 唐禹民诗选

唐禹民，1940年生，辽宁人。1959年参军，在北京军区空军部队和机关从事文化宣传工作。曾亲历援越抗美战争，后又赴唐山参加抗震救灾采访。1977年转业到中国体育报社任摄影记者、中国体育杂志社摄影部主任，专业职称为编审。曾随中国体育代表团赴保加利亚、荷兰、日本等国参加国际大型体育比赛的采访。曾担任中国体育摄影学会副主席兼秘书长。曾出版《抹不掉的记忆》《亲历唐山大地震》《体育摄影》等书籍。1987年被评为“全国十佳新闻摄影记者”。1989年、1992年连续两届被评为“中国体育摄影十佳”，1990年被河北师范大学聘为客座教授。2000年获“中国体育摄影贡献”奖。

1 唐山大地震45周年祭

45年前的“7·28”，
冀东大地犹如火山爆发，
一座百年老城顷刻间被摧毁，
残墙断壁房屋坍塌。
瓦砾下埋葬24万无辜生灵，
老天爷啊老天爷，
你为啥这么不留情，
很多还都是在襁褓中的娃。
他们刚刚来到这个世界，
还没尝到人间的酸甜苦辣，
孩子们像刚刚出土的小草，
便被魔鬼的锄头铲断了根芽。
当我拾起沾满灰尘的布娃娃，
便想到瓦砾下被埋着的娃，
他们再也见不到哺乳的娘，
我止不住泪水从脸上滚下。
活下来的人们忍着伤痛和泪水，
从废墟中站起来挺直脊梁，
有党中央和毛主席的英明领导，

有全国军民的全力支援，
很快从废墟上崛起了一座崭新的凤凰城，
唐山人把凤凰的羽毛梳理得光鲜亮丽。
这就是战天斗地坚韧不拔的唐山人，
这就是具有高度凝聚力的中国人。
我为唐山人民骄傲，
我为伟大祖国自豪。

（2021 年 7 月 28 日于北京）

（2021 年 7 月 28 日《沿海文学》发布）

2 国庆记忆

1949年国庆节，
随着人流走上大街，
年幼的我挥动着彩色三角旗，
庆贺中国赶走了小日本打败了蒋匪帮。
从此我知道了，
没有共产党，
就没有新中国。

1959年国庆节，
年轻的我穿上戎装来到北京，
坚守保卫首都的战斗使命。
国庆之夜我与战友们来到天安门广场，
与清华大学师生载歌载舞，
狂欢至深夜，
令我高兴的是，
看到了天安门城楼上毛主席的伟大身影。

1963年国庆节，
我随部队奔赴福建前线作战，

在艰苦的环境里锤炼，
坚定一不怕苦二不怕死的信念。
经过组织的严格考验，
我光荣地加入了中国共产党，
面对党旗举起右手庄严宣誓，
愿为实现共产主义奋斗终身。

1966年国庆节，
我在援越抗美的战场上度过，
国庆之夜，美机对我防区狂轰滥炸，
我防区高炮部队集中火力全线反击，
条条火龙射向美军机群，
多架美机冒着火拖着烟，
一一栽向大山，
爆炸声响彻云天，
犹如天安门五彩缤纷的火焰。

1984年国庆节，
我随中国跳水队出访在莫斯科度过，
在大使馆观看北京庆祝活动盛况，
天安门场面壮观气势恢宏，

令外国朋友伸出大拇指，
身处异域深感作为中国人扬眉吐气，
为祖国的繁荣昌盛骄傲自豪。

2019年国庆节，
建国70周年庆典之际，
《我和我的祖国》大型摄影展览在北京揭幕，
在主展厅悬挂着郎平的大幅特写照片，
这张照片吸引着众多观众，
为郎平的美貌赞叹不已，
这是我38年前为郎平拍摄的一张肖像，
能为“铁榔头”留下这张
温馨照片我感到自豪。

2021年国庆节，
在迎来建国72周年之际，
我胸挂“光荣在党50年”纪念章，
心中感慨万千，
70多年的艰苦路程，
与祖国一同前行，
庆贺祖国繁荣昌盛，

祝福14亿人民幸福安康!

（2021年9月29日于北京）

（2021年9月30日中国诗歌网发布）

3 感恩岁月

岁月只是数字，
每一天都是新的开始，
花落还有重开时，
人老再无童年颜。
努力过好当下，
就是对人生最好的诠释。

人们的生活越来越美，
迈开脚步踏遍祖国的山山水水；
我们的幸福指数越来越高，
把一切烦恼从记忆中销毁。

发自肺腑的心里话，
诗歌搭桥结识了众多诗家，
在诗友的陪伴下，
耄耋之年的我，变得青春焕发。

生命其实是一场轮回，
新的一页要有所作为，

家人平安岁月静好，
祖国昌盛河山壮美。

（2021 年 12 月 30 日于北京）

（2021 年 12 月 31 日《沿海文学》发布）

4 过年了，想妈妈

以往过年好热闹，
山珍海味全尝到；
吃喝玩乐合家欢，
全靠妈妈来操劳。

如今过年遇寒流，
疫病肆虐令人忧；
妈妈好久不回家，
年饭无人来操筹。

很想去找我妈妈，
清一色的防护服；
不知哪位是妈妈，
个个都像我妈妈。

众多妈妈不停闲，
日夜守在第一线，
过年难吃团圆饭，

为使万家早团圆。

（2022 年 1 月 28 日于北京）

（2022 年 2 月 1 日中国诗歌网发布）

5 感　恩

母亲
这个平凡
而伟大的称呼，
她
像一棵挺拔的苍松
支撑着家的天空；
她
用乳汁哺育我长大，
为了保家卫国，
她把我送到部队。
咱当兵的人
都心知肚明“忠孝难两全”，
很想在风雨中
为母亲撑起一把伞，
很想背着行囊，
搀扶着母亲走上一程，
很想……
时光荏苒，
斗转星移，

母亲把我养大，
我还没来得及陪她到老，
母亲走了，
走得那么匆忙。
如今
只能在画纸上，
用浓墨重彩述说
母亲的哺育之恩。

感激诗友们的
相拥和陪伴，
诗友们的诗
是对忠孝最好的诠释，
读起来令我心情激荡，
潸然泪下。
我永久收藏起来，
作为对母亲深切的思念。
谢了！各位诗友！

（2021 年 12 月 2 日于北京）

6 感激之情永在

雪花无声地将大地覆盖，
画中吟出了对故乡的思念；
雪封万物天地休眠，
孕育着万物复苏春的到来。
一幅小品引起诗友们真情相伴，
感激之情永在。

（2021 年 11 月 23 日于北京）

7 致谢诗友

老朽涂鸦一幅画，暂无题款墙上挂。
诗友闻讯齐上阵，金句连篇贵无价。
群友为我指未来，拜谢诗友的抬爱。

（2021 年 11 月 10 日于北京）

（2021 年 11 月 11 日中国诗歌网发布）

8 重阳节登佛香阁

九九重阳今又重阳，
伴随着秋韵赏菊馨香，
岁岁平安，连年无恙，
登高祈福心情舒畅。
往年到颐和园攀登佛香阁，
有人说爬到顶者能百岁寿长，
从下至上一百一十级石阶，
六十岁重阳节我曾一口气轻松爬上。
在佛香阁倚栏极目眺望，
云雾缭绕草木苍黄，
好一个寒露滋生的美景，
脚下便是昆明湖。
我似大鹏展翅自由翱翔，
八十岁时我还要再次攀爬，
在老伴和儿子的劝阻下未能如愿，
七十八岁便成了我攀登佛香阁的绝唱。
步入暮年要顺其自然，
量力而行，不能逞强。
往后只能笑看儿孙们拾级而上，

老朽站在排云殿抬头望阁兴叹。
但我人老心不老，
依然展翅翱翔万里！

（2021 年 10 月 13 日于北京）

（2021 年 10 月 15 日中国诗歌网发布）

9 警钟长鸣勿忘国耻

84年前，
南京那场震惊世界的惨案，
30万同胞惨遭杀害，
这是中华民族永远的痛，
将被炎黄子孙，
永远铭记这场国难。

勿忘民族独立来之不易，
千古金陵今日依然巍峨耸立，
昔日恶魔，
日本军国主义，
蠢蠢欲动磨刀霍霍，
我们必须高度警惕，
勿忘国耻，
以史明志。

（2021 年 12 月 13 日于北京）

（2021 年 12 月 16 日《沿海文学》发布）

10 十里长街送总理

1976年1月11日傍晚，
阴冷寒气笼罩着北京城，
百万人自发地集聚在十里长街，
我站在北京饭店前的人群中，
送别周总理最后一程，
当灵车缓缓驶过，
十里长街留下百姓一片哭声，
我不知流下多少泪，
只盼周总理慢些走。
总理的人格魅力和丰功伟绩，
永远留在亿万人民心中，
四十六年过去了，
周总理英灵不逝，
祖国人民永远怀念您。

（2022年1月6日于北京）

（2022年1月7日《沿海文学》发布）

11 好想你（组诗）

女儿

妈妈，我好想你，
你总在我的梦里；
我知道妈妈是白衣天使，
在参加一场生死战役。
你要多保重身体，
你的行动会感天动地；
你是我心中的南丁格尔，
我相信你一定能创造奇迹。

妈妈

女儿，妈妈好想你，
你总在我的梦里；
在这疫情危难的时刻，
我不能抛开病人顾自己。
面对艰险我毫无畏惧，
救死扶伤要从我做起；

我不忘在党旗下的誓言，
我要和疫病战斗到底。

妈妈、女儿

我好想你，
你总在我的梦里；
妈妈日夜奋斗在第一线，
女儿日夜在家盼望你。
等到云开雾散的那一天，
我们紧紧拥抱不再分离。

（2022 年 1 月 6 日于北京）

（2022 年 1 月 6 日《沿海文学》发布）

12 北京，我为你喝彩

长城内外大雪纷飞，大街小巷五彩缤纷。

冰雪盛会喜迎嘉宾，为运动员加油助威。

充满豪情办好盛会，彰显祖国强大神威。

携起手一起向未来，为双奥之城增光辉。

（2022 年 2 月 2 日于北京）

（2022 年 2 月 7 日《沿海文学》发布）

13 月光洒满神州

皎洁的月光洒满神州，
十五的月亮孕育着沃土的复苏，
自古百姓赏月观灯猜谜，
瑞雪染白佳节预示着大丰收。

今逢月圆佳节更胜一筹，
五洲冬奥健儿在北京欢颜聚首，
甜糯的汤圆摆上了国际盛宴，
千古文化彰显祖国昌盛更上一层楼。

（2022 年 2 月 14 日于北京）

（2022 年 2 月 15 日中国诗歌网发布）

14 “谢谢！中国！”

2022年2月20日之夜，
第24届冬奥会圣火在北京熄灭，
“谢谢！中国！”之声响彻世界，
“谢谢！中国！”这是巴赫发自肺腑的心声，
“谢谢！中国！”喊出了五洲冰雪健儿的情谊。
“谢谢！中国！”世界都在高喊。
我也要高喊“谢谢为冬奥会付出的所有工作人员”，
你们的辛勤劳动为中国争得了荣誉，
北京冬奥会的成功举办，
赢得了各国运动员的青睐，
我国冰雪健儿取得了突破性的成绩，
为全国人民注入了强大的精神力量。
圣火四年后将在意大利重新点燃。
“谢谢！中国！”这是用汗水浇灌的宝贵财富。

（2022年2月20日于北京）

15 春耕曲

云雾眷恋着山峦，细雨滋润着桑田。
破土嫩芽在舒展，人勤春早在眼前。

自古农时时不待，农夫耕耘不停闲。
有意描出春耕曲，苦于笔拙难如愿。

（2022年2月19日于北京）

（2022年2月20日《沿海文学》发布）

卷十二 ◆ 黄玉杰诗选

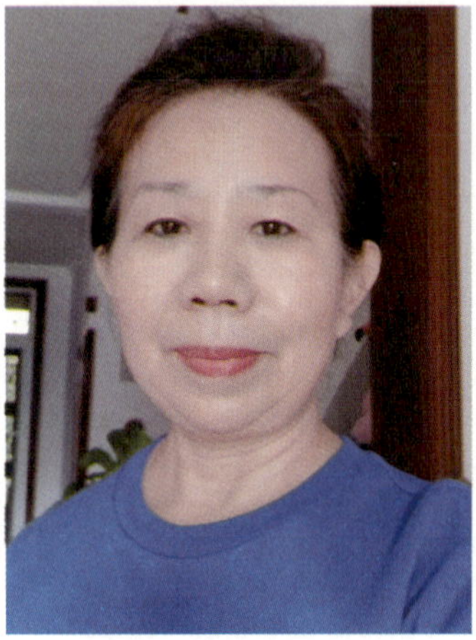

黄玉杰，女，蒙古族，1962年6月生于内蒙古通辽市。文学爱好者，喜欢读书，热爱诗词、散文、歌赋等浪漫文学创作，以文抒情，以文明志，精神丰富，生活多彩。

1 冬奥瑞雪

正月近半瑞雪飘，俗将兑清化神交，
早到双辰非正点，遂疑冬奥填鸿宵。

（2022 年正月十三于新北京半岛）

（2022 年 2 月 15 日北京诗歌网发布）

2 临庭咏雪

除夕前夜又鹅毛，临庭观雪乐陶陶。
暖阁忙温一壶酒，且醺且诗醉逍遥。

（2022 年 1 月 30 日于首创新北京半岛）

3 顽童沐雪

四九刺骨寒，瑞雪飘冬烟。
红梅凌霜放，迎春待庭南。
顽童摇琼树，梨花穿瑶台。
更要携花甲，一同沐银滩。

（2022 年 1 月 22 日于首创新北京半岛）

4 元宵夜话

正月十五不夜天，宫穹九重明月悬。
神州遍地花千树，华夏吉时万家圆。

（2022 年正月十五夜于新北京半岛）

5 观女足夺冠

中国女足逞英豪，赛场落后不屈挠。
敢打敢拼敢出手，玫瑰铿锵花更娇。

（2022 年正月初七于新北京半岛）

6 冬至二首

其一

冬至阴伏阳始初，九九寒消物渐苏。
更待来年春三月，处处盎然画锦图。

其二

冬至极阴透骨寒，初生潜阳暖欲还。
二气周流寰宇绕，否极泰来复又返。

（2021 年 12 月 21 日于新北京国际半岛）

（2021 年 12 月 23 日《沿海文学》第 703 期发布）

7 立德树人
——有感于全国文代会召开

中华文化底蕴深，一脉相承铸国魂。
诸子百家儒释道，诗词歌赋锻精神。
遵从礼仪讲诚信，崇尚和平意更真。
民族复兴家国梦，以文弘业树德人。

（2021 年 12 月 15 日于廊坊）

（2021 年 12 月 17 日《沿海文学》第 698 期发布）

8 迷雾三首

其一

是雾似雨又似纱，弥天烟云胜繁花。
宁可迷离虚度日，不愿剥雾笑瓜傻。

其二

昨儿大雾今又雾，锁满关山难飞渡。
暖阳几时当空起，傻瓜重识脚下路。

其三

大雾两天把网撒，又抖罗衣又披纱。
幸得暖阳朝来早，识路回家乐傻瓜。

（2021年11月24日《沿海文学》第767期发布）

9 重阳话夕阳

重阳日，就菊花，
我花开过百花杀。
满园菊香任挥洒。

夕阳红，映晚霞，
霜叶殷红胜菊花，
愿君岁岁好年华。

天际远，小妆红，
阅尽秀色各不同，
落日余晖分外浓。

（2021 年 10 月 14 日中文诗歌网发布）

10 乞巧飞花

一条银河天上划，牛郎织女两边挂。
灵鸟垂怜搭鹊桥，七夕相会方可达。

秦观朝暮说两情，杜牧小扇扑流萤。
自古诗家说相会，天河阻隔终不灵。

如今日月换新天，空中客车似飞天。
高铁日行八万里，遨游银河宇宙间。

五洋龙宫走泥丸，凌霄宝殿一日还。
天上人间无隔阻，从此再无相见难。

群主发起飞花令，群友积极唱和应。
巧借七夕传统日，吟诗作赋是为庆。

（2021 年农历七月初七）

11 说　秋

夏日接初秋，季节替不休。
昨日还闷闷，今日爽悠悠。

天凉好个秋，樊热要丢丢。
感佩大自然，神奇又牛牛。

秋蝉叫啾啾，硕果压枝头。
期待不远日，喜迎大丰收。

（2021 年 8 月 7 日立秋）

12 贺神州十二号发射成功

神州十二冲云天，银河太空会神仙。

英雄续写中华梦，九天揽月谱新篇。

（2021 年 7 月 7 日）

13 庆祝中国共产党成立 100 周年

日出东方似火红，血脉传承代代浓。
当年铁血开先路，而今百年势正隆。

（2021 年 7 月 1 日）

14 父亲节感怀

一梦醒来两行泪，父兄慈爱心感佩。
天人相隔已有年，哪堪思念几多倍。

陪伴有程终需别，愿将思念化成蝶。
父兄天堂应安好，佑我家族出英杰。

（2021 年 6 月 20 日于首创国际半岛）

15 冬奥开幕随想

虎年初四[1]逢立春，北京再铸奥运魂。
三阳开泰[2]诸神舞，五环旗下竞天尊。

（2022 年正月初四立春日于新北京半岛）

（2022 年 2 月 7 日《沿海文学》第 743 期发布）

---

① 初四：据传大年初四是诸神由天界重临人间之时。

② 三阳开泰：正月初四日在老皇历中占羊，故常说的“三羊（阳）开泰”乃是吉祥的象征。

卷十三

黄方渺诗选

黄方渺，男，1946年二月初十生，浙江省温州市人。在海军水面舰艇部队服役30年。先后在海军南海舰队虎门沙角，汕头海军辅助船中队部、护卫、登陆、海捞、海水、海拖、猎潜等艇和东海舰队导弹护卫舰以及驻温海军部队服役。曾被授予海军上校军衔。转业到浙江省温州市任文化局副局长，兼任温州市七届政协科教文卫体委、文联副职。多次组织全市性文化活动，富有策划、演出、导演、总监经验，成绩斐然。在中、外文化交流中荣获不少奖项。2006年退休。黄方渺的诗，既洋溢着火热生活的激情，也流淌着小桥流水一般的柔情，是战士豪情与文人遐思双重升华的结晶。

1 党的光辉照我心

党的光辉照我心，我对党呀表忠心。
为党工作要热心，就是牺牲也甘心。
退休以后更诚心，为民服务尽实心。
遵守纪律保真心，入党誓言不变心。
建党百年最开心，奋斗终身立雄心。

（2021 年 6 月 30 日《沿海文学》发布）

2 庆元旦

敲锣打鼓庆元旦，辞旧迎新近虎年。
防瘟疫，盼圆满，喜庆日，勇向前。
五谷丰登迎新岁，燕舞莺歌过大年。
脱贫致富已小康，纪念建党一百年。
繁荣昌盛国民强，一往无前升万千。
共同富裕是目标，建国百年谱新篇。
一带一路世界赞，大国风范目标坚。
盼望今年能相聚，江心岛屿迎诗仙。

（2021 年 12 月 30 日《沿海文学》发布）

3 贺诗友京城聚会

看到照片瞧诗仙，大家身体很健康。
遗憾无法赴京城，人在温州心痒痒。
祝贺你们美聚餐，推杯换盏皆欢畅。
找个机会来吾乡，由我做东颂华章。

（2021 年 7 月 28 日中国诗歌网发布）

4 诗友作诗勤动脑

说原创、道原创，自己创作叫原创。
不抄袭、不剽窃，依法治文才理想。
诗友作诗勤动脑，增加乐趣活得长。
不交费、无稿酬，相信群主把方向。
老有所学机遇难，坚持两为双百强。
著作权法有保障，原创诗章美名扬。

（2021 年 8 月 24 日中国诗歌网发布）

5 贺建军节

八一军旗迎风彩，庆建军九十四载。
虽已退役好多年，每逢八一心澎湃。
军旅生活难忘怀，历历在目感恩来。
三军战友聚一块，吟诗作赋快意哉！

（2021 年 8 月 1 日中国诗歌网发布）

6 又像回到青少年

盼望秋九又重阳，贤每重阳返故乡。
八老对杯加二两，又像回到青少年。
待到诗友空闲时，欢迎相聚雁荡山。
瓯江两畔吟诗赋，诗岛对酒赛神仙。

（2021 年 10 月 15 日中国诗歌网发布）

7 立　秋

转眼间，是立秋，有望辛丑大丰收。
往年惧怕秋老虎，但愿今年把扇丢。
孩童时期听母嘱，过场秋雨凉飕飕。
抗防病毒正当时，秋去冬来日子悠。
滋阴敛阳是关键，秋高气爽勤溜溜。
吟诗作赋读初秋，红叶铺地美景优。

（2021 年 8 月 9 日中国诗歌网发布）

8 闹元宵

正月十五闹元宵，每家每户彩灯挑。

舞龙滚狮走马灯，强国富民中国骄。

（2022 年 2 月 15 日《沿海文学》第 748 期发布）

（2022 年 2 月 15 日中国诗歌网发布）

9 吟大雪

大雪无雪丰年兆，身暖心宽勤动脑。
湖泊天蓝候水禽，靓闲飞鸟影枯草。

（2021 年 12 月 7 日《沿海文学》发布）

10 夕阳乐

寒露天，晴空万里向人间。
小河水，碧清凌凌半岛边。
绿荫下，老翁垂钓江中影。
老棋友，田马飞炮把车擒。
鸟雀叫，秋去冬来兆丰年。
楼林立，莺歌燕舞大厦前。

（2021 年 10 月 20 日中国诗歌网发布）

11 观唐老《雪乡》感怀

唐老雪乡栩如生，画图工写确新清。
雪山雪地柏杉露，画面清新似摄生。
记得孩童堆雪景，兴高采烈忘寒情。
如今一戴稀逢雪，环保全球世界行。
长愿季年依节序，人民大众享升平。

（2021 年 12 月 23 日中国诗歌网发布）

12 诗友乐融融

京城下瑞雪，年景似新丰。
我处穿短袖，一身汗水通。
中华好伟大，诗友乐融融。
今日立冬节，周末宅舍中。
明朝气温降，备衣过隆冬。

（2021 年 11 月 8 日中国诗歌网发布）

13 缅怀启蒙叶老先生

今日又逢教师节，匠心育人千万结。
尊师重教好传统，感恩师尊情难歇。

叶老先生是我师，启蒙引导育吾学。
如今阴阳分两界，先生之风我犹觉。

（2021 年 9 月 15 日中国诗歌网发布）

14 学雷锋

三月五号学雷锋，主席题词实施中。
当时咱在基层干，忙忙碌碌没放空。
雷锋小组组织好，理发修理清洁工。
摆摊设位周全整，奔赴岗位显圣通。
学习雷锋好榜样，高歌齐步都英雄。
码头车站大街上，水兵形象如春风。
做完好事返舰艇，聚精会神小结中。
光荣传统世代传，为民服务创新功。

（2022 年 3 月 5 日《沿海文学》发布）

（2022 年 3 月 6 日北京诗歌网发布）

15 小　寒

小寒羊肉当归汤，板栗核桃补肾暖。

寅虎开山扫瘟神，来年择机会诗圈。

（2022 年 1 月 5 日于温州）

16 观日出

半岛观日出，晨曦暖气乎。
市民未洗漱，环郭景色图。

（2021 年 11 月 29 日中国诗歌网发布）

17 好日子

阳显普天大雪节，蓝天无限心情悦。
吟诗一首去寒侵，锻炼身体志如铁。

（2021 年 12 月 8 日《沿海文学》发布）

18 喜开颜

十三邻舍走盘山，诗情画仙友谊攀。
醉酒吟诗心绪畅，靓婆酷老喜开颜。

（2021 年 12 月 2 日中国诗歌网发布）

卷十四

◆

黄寿清诗选

黄寿清，1952年2月15日生，男，汉族，中共党员。浙江温州市人。1969年3月作为知青下乡。1970年12月应征入伍。1976年12月于山东医学院医疗系本科毕业。曾在青岛、温州海军部队服役，历任军医、卫生队队长、正团级上校军衔等职级。1997年9月转业到温州医科大学附属第二医院工作，历任副主任医师、院办主任、党办主任、医院改革发展办主任、院报总编、副院长等职。热爱文学，喜欢诗词歌赋等的创作活动。新近有10多首诗在《沿海文学》、中国诗歌网、北京诗歌网等平台发布。

1　南京公祭日悼

东隅倭寇野心狼，屡次侵犯大中华。
石头城破山河碎，罹难同胞三十万。
南京公祭警钟鸣，静默哀思叹国殇。
今日中华已崛起，犯我疆土必灭亡。

（2021 年 12 月 13 日于杭州）

（2021 年 12 月 16 日《沿海文学》第 697 期发布）

2 大雪时节吟二首

其一

大雪节气丰年兆,三九严寒将来到。
笑傲冷冻霜雪天，蜡梅绽放迎春峭。

其二

大雪时节未见雪，杭城冬暖阳光照。
屋边梅花尚待苞，何时迎来飞雪娇。

（2021 年 12 月 7 日于杭州）

（2021 年 12 月 9 日《沿海文学》第 690 期发布）

3 冬至时节赞吟诗二首

其一

冬至小年相称同，夜长日短特征显。
北国包饺喜洋洋，南方汤圆年岁长。
普天欢乐吉祥日，健康平安家国旺。
冰霜冷雪数九天，九九数尽春盎然。

其二

传统节气冬至日，艳阳高照好吉祥。
玲珑斑斓兰花开，期待蜡梅报春绽。

（2021 年 12 月 21 日于杭州）

（2021 年 12 月 21 日中国诗歌网发布）

『七律 · 平起 · 平水韵』

4 大寒

大寒节气今临至，岁暮深冬冷雪霜。
奥密克戎狂肆虐，严加防控必提倡。
适当运动疏通脉，注意添衣御冻伤。
进补养身要重视，疫苗接种保安康。

（2022 年 1 月 19 日于杭州）

（2022 年 1 月 20 日中国诗歌网发布）

『七律 · 平起 · 平水韵』

5 喜迎立春冬奥会

年轮复始新时节，万物苏萌雁北回。
大地阳和春意暖，乌枝嫩叶绽红梅。
立春恰巧碰冬奥，双喜临门好运来。
开幕式迎冰雪客，赛场献技竞冠杯。

（2022 年 2 月 4 日于温州）

（2022 年 2 月 7 日《沿海文学》第 743 期发布）

『七律 · 仄起 · 平水韵』

6 贺元宵

佳节元宵观皓月，张灯结彩庆团圆。
汤圆醇鲜人皆爱，爆竹烟花透半天。
猜谜赏梅心称意，龙腾虎跃兆丰年。
北京冬奥雄盛世，冰雪金牌夺创先。

（2022 年 2 月 15 日于温州）

（2022 年 2 月 15 日中国诗歌网发布）

『七绝 · 仄起 · 平水韵』

7 闹元宵

正月中旬元夕节，烟花爆竹啸冲天。
灯光山体照江碧，狮舞龙腾不夜天。

（2022 年 2 月 15 日于温州）

（2022 年 2 月 15 日北京诗歌网发布）

8　西湖赏月

中秋皓月亮又圆，倒影西湖见广寒。
嫦娥舒袖翩翩舞，吴刚酿酒桂花香。
玉兔捣制驱瘟药，洒下大地疫患消。
天地人间同祈祷，健康快乐福星到。

（2021 年 9 月 21 日于杭州）

9 藏头诗·重阳节有感

（黄）花怒放百花凋，
（寿）祈重阳寄越椒。
（清）婉夕阳红曲起，
（祝）翁邀妪舞妖娆。
（大）江南北黄昏颂，
（家）和人寿乐逍遥。
（快）闪艳照举美酒，
（乐）在群里情趣高。

（2021 年 10 月 15 日于杭州）

10 观菊有感

金秋花卉又盛开，残荷败名菊秀台。
菊瓣纤腰人尽爱，五色斑斓竞相开。
深秋观菊展文采，流连忘返紫气来。
秋色气清天半碧，菊花更显此中才。

（2021 年 10 月 28 日于杭州）

11 小　雪

小雪寒潮相来到，冷气袭扰万物凋。

望君注意添衣裳，身体健康最重要。

（2021 年 11 月 23 日于杭州）

（2021 年 12 月 23 日中国诗歌网发布）

12 小　寒

小寒时节天飕冷，江雾蒙蒙刺骨寒。

屋后梅花初绽放，池塘锦鲤缩成团。

（2022 年 1 月 5 日于杭州）

13 学习雷锋好榜样

一个闪亮的名字，平凡而伟大的人。
永远值得学习的，是普通一兵雷锋。
毛主席亲笔题词，向雷锋同志学习。
六十年代广传颂，社会正气逐日昌。
他对党无比忠诚，对人民无比热爱。
舍己为人作奉献，公而忘私为大众。
爱憎分明不忘本，立场坚定识敌友。
永做不锈螺丝钉，甘为人民老黄牛。
时值中华腾飞时，更需弘扬此精神。
扫涤一切污浊泥，社会风气才亮洁。

（2022 年 3 月 4 日于杭州）

（2022 年 3 月 6 日北京诗歌网发布）

卷十五 ◆ 韩其周诗选

韩其周（曾用名韩其洲），1948年10月出生，安徽灵璧县人。1970年加入中国共产党，1974年毕业于华东师范大学物理系，后分配到国务院科教组（后改为教育部）工作。历任普教司科员、中国教育报社办公室主任、国家语委普通话培训测试中心副主任、教育部语言文字应用研究所副所长（副司级）、全国普通话水平测试研究会理事长等职。2011年8月退休。编著或与他人合著《科学家的美德》《中华名人爱国故事选》《世界初等教育的发展与改革》《名人与爱情》《当代大教育论丛书》等图书，在国内报刊发表数十篇作品，1991年被评为副编审职称。

1 贺柳儿

按语：女儿韩柳在北京师范大学附属实验中学初二年级结束时，获得全班第八名的好成绩。高兴之时，写小诗一首，书赠吾儿留念。

名列第八喜讯来，教师家长乐开怀。
祝贺吾儿又进步，勤耕定能香花开。
学海泛舟无止境，自律自强理应该。
今朝寒窗须发奋，明日长成栋梁才。

（1989 年 7 月 12 日）

2 送女儿留学

按语： 女儿韩柳在北京师范大学毕业获硕士学位后，被美国密歇根州立大学录取为语言学博士生，并获得全额奖学金。经过多道关口，今日终于获得赴美签证，特写此小诗赠吾儿。

送女赴西洋，两眼泪汪汪。
此去路漫漫，莫怕风雨狂。
汝要多保重，冷暖记心上。
出门应警惕，身边防豺狼。
治学须努力，珍惜好时光。
尊师爱母校，友好对同窗。
人格是生命，威信靠修养。
胸中立大志，襟怀要宽广。
莫须念父母，只求学问长。
圆满毕业时，喜庆乐无疆。

（2000 年 7 月 2 日）

3 自警小调

认真思考，谨慎为好，理智处事，康庄大道。
享乐一时，后患难消，得不偿失，前程送掉。
我爱我家，心血铸造，我亲我妻，患难之交。
我疼我儿，骨肉情牢，我惜我名，荣誉首要。
人生在世，奋斗辛劳，唯求安顺，前程美好。
德行第一，自重为要，谨言慎行，勿狂勿骄。
金钱美色，陷阱圈套，一旦痴迷，大祸必到。
身败名裂，众人嘲笑，悔恨交加，悲痛煎熬。
羞见师长，辜负父老，愧对妻儿，后悔晚了。
美颜是箭，金钱是刀，甜言似枪，蜜语如炮。
眼睛要亮，气节须高，因小失大，错路一条。
管好自己，警钟常啸，世风欠佳，自律最好。
热爱读书，进步诀窍，志存高远，法规记牢。
防微杜渐，清廉品高，端正航向，躲避暗礁。
保持晚节，绝不动摇，知足常乐，一生美好。

（2003 年 1 月 15 日）

4 访巴塞罗那

高山青青海水蓝，古城新姿展笑颜。
当年奥运惊世界，今日场馆秀依然。
奇异教堂神功建，耶稣雕像入云天。
登高凝望凯旋门，不见萨翁[1]把家还。

（2005 年 10 月 23 日）

① 萨翁（1920—2010），国际奥委会终身名誉主席萨马兰奇，西班牙人。

5 思念父母

父母辞世二十年，每逢清明思泪涟。
难忘家贫育儿苦，于今难孝成遗憾！
遥望南天日月间，二老何处种春田？
无限哀伤心浪滚，唯有报国祭祖先。

（2006年清明节）

6 访宝岛台湾有感

其一

昨日来台细雨蒙，今晨晴空漫步行。
中原大学风光好，同行交流增友情。
辞别桃园赴台中，新竹苗栗满目青。
高山流水窗前过，椰林稻浪招手迎。

其二

蓝天白云万里遥，远山近影稻香飘。
农舍厂房飞眼底，繁花绿树皆欢笑。
民众反腐风雷急，罢扁除恶掀高潮。
同行友朋频举杯，祝愿统一早来到！

（2006年6月18日）

7 爱人住院有感

少年夫妻老来伴，朝夕共度享晚年。
床前榻后问冷暖，患难更知蔗根甜。
端水送饭添深情，互敬互谅天地宽。
儿女亲朋渐去远，夜半低吟花无眠。

（2007 年 4 月 24 日）

8 游五大连池

火山连石海，五池奔眼来。
神泉喷圣水，冰洞雪花开。
深坑千般静，奇观耀万载。
更喜云天碧，登临何乐哉！

（2008年8月16日）

9 祝贺乐乐[1]五岁

春风今又吹，乐乐五周岁；
外公外婆喜，爸妈笑个醉。
乐乐好孩子，汉英都学会；
长大有学识，为国争光辉。

（2009 年 3 月 23 日）

① 乐乐：作者外孙女的乳名，她的中文名叫朱晗予，在美国出生，喜爱学习中文。

10 贺柳儿35岁生日

京城元月天地寒，难忘三十五年前。
县城平房儿出生，阖家老少笑开颜。
苦心求学京沪美，而今生活比蜜甜。
再登高处须努力，无限风光在云端！

（2010年1月25日）

11 再访深圳感怀

按语：1985年8月至1989年4月，国家教委（后改为教育部）人事司委派我到深圳，在中国教育服务中心任办公室主任，后调回京，在中国教育报社任办公室主任。

星移斗转又一年，遥想二十六年前。
豪情满怀奔特区，开拓创业何艰难。
而今重游故园地，沧桑巨变展新颜。
老友兴会忆往事，无限欣慰乐心间！

（2011年5月21日）

12 访老同志有感

与君分别时日长，而今拜会藏心伤。
当年笑容今犹在，颤抖起身何坚强！
扶持关爱怎能忘，兄长恩情比海洋。
紧紧握别难松手，唯盼老友永安康！

（2010 年 10 月 3 日）

13 游新疆赛里木湖

赛里木湖波连天，天水一色净心田。
脚下草地似绿毯，极目远处尽雪山。
碧波万顷吾欲醉，乘兴跃马喜扬鞭。
岸边卵石多可爱，如玉珍宝藏兜间。

（2010 年 10 月 13 日）

14 游神农架

按语：承蒙湖北老友邀请，于2011年9月22日至24日游览神农架景区。时值初秋，天高气爽，心情极为舒畅，吟诗记之矣。

翻山越岭拜神农，云海松浪唱碧空。
炎帝含笑垂千古，杉王挺立傲苍穹。
天生桥下悬瀑布，金丝猴前绽笑容。
清溪弯绕流不尽，人间仙境非虚行。

15 节日随感

人走茶凉很正常，人走茶烫似荒唐。
宾客盈门成已往，门可罗雀享时光。
名利皆为身外物，唯有真情万古长。
知足常乐人增寿，宽心和谐福满堂。

（2011 年 10 月 3 日）

16 重游母校有感

按语：1960年9月初，我12岁考入安徽灵璧县渔沟初级中学，开始了人生的中学时代。那时正值国家最困难的时期，忍饥挨饿，苦不堪言。但是，为了改变命运，不辜负父母的期望，还是坚持学习！1963年9月初，我以优秀成绩考入灵璧中学高中部。

光阴荏苒天地转，难忘六十一年前。
忍饥挨饿求学处，今朝旧貌换新颜。
座座红楼傲然立，棵棵青松笑迎天。
数千学子齐发奋，明日栋梁更无前！

（2021年3月31日）

17 重游大观园

难忘三十余年前，携子首游大观园。
北京南城添美景，怡红潇湘铭心间。
老汉今日游故地，最美人间四月天。
临风驾车多惬意，景点依旧乐陶然。

（2021 年 4 月 30 日）

18 戴上纪念章有感

按语：今天参加教育部庆祝建党百年大会，会上我和其他14名老党员代表走上主席台，接受陈宝生部长颁发以中共中央名义制作的“光荣在党50年”纪念章，并合影留念。

光荣在党五十年，金色徽章戴胸前。
部长颁发倍亲切，台下掌声飞云天。
勤勉奋进献青春，艰辛困苦只等闲。
戒骄戒躁铭初心，牢记使命到永远！

（2021年6月25日）

19 贺建党百年

日月飞速转，喜迎党百年。
回眸光辉路，心潮逐浪翻。
申城擎火炬，伟哉南湖船。
八一举义旗，井冈创新天。
瑞金红旗飘，长征搏艰险。
遵义喜转折，领袖掌航船。
延安耸灯塔，抗日丰功建。
大捷三战役，灭蒋凯歌传。
欢舞天安门，建国开新篇。
工农庆解放，幸福万万年。
医治千年疾，九州换新颜。
改革开放好，百业大发展。
科教兴国妙，国力多倍翻。
欢呼十八大，选定好接班。
奋进新时代，捷报寰宇传。
脱贫树丰碑，小康喜实现。
反腐正党风，初心铭胸间。
誓圆中国梦，砥砺勇向前。
朋友遍天下，国人尽开颜。

启航新征程，再创辉煌篇。
吾本苦出身，党恩重于山。
坚定跟党走，在党五十年。
勤奋求进步，为国作奉献。
今日最荣光，奖章戴胸前。
荣誉是勉励，前进再扬鞭。
夕阳无限好，再把余热献。
誓葆凌云志，永做好党员。

（2021 年 6 月 28 日）

20 七仙首聚有感

按语：今日，应老乡老友、《中国新闻出版报》原总编辑张芬之兄邀请，驾车来到龙潭湖公园，与从新北京国际半岛赶来的陈昌才教授一行四人会面。席间，大家举杯畅饮，即席感怀，好不热闹！从此，我有幸加入了以陈昌才教授为群主的“吟诗作赋群”，获得了向各位师友学习的好机会。

辛丑盛夏聚龙潭，新朋老友尽开颜。
频频举杯话心声，誓创佳作唱华年！

（2021年7月9日）

21 生活是诗，诗是生活

生活是诗，到处充满欢乐；
就像一首首美妙的歌，
滋润着我的心田，
给我带来幸福无数！
生活充满着诗意，
这里有悦耳的旋律，
这里有深意的哲学，
酸甜苦辣，犹如歌的抑扬顿挫，喜怒哀乐！
犹如诗的经典描写。
我爱生活，诗意的生活，
让我充满乐观，让我奋勇拼搏！
让我充满自信，让我健康快乐！
诗是生活，在我的生活里，不能没有诗歌！
有诗的生活，
才是我最大的享乐！
读诗，丰富了我的生活。
李白杜甫白居易，还有那名家无数！
我沉浸在诗的意境里，美美地品味着，无法解脱！
写诗，充实了我的生活。

一首首诗歌的创作，
一回回人生的感悟和总结。
诗里有我的人生历程，
诗里有我的起伏宕跌，
诗里有我的爱和恨，
诗里有我的进步和蹉跎！
每当我进入诗的创作，
就像进入了梦幻中的乐园，
顿时心旷神怡，总有无穷欢乐！
每当一首小诗落笔，
就像培育了春的花朵，就像有了秋的收获！
我美美地自我欣赏着，
就像孩童得到了一大包糖果！
无比地兴奋和满足，
无限地幸福和喜悦！
我爱生活，我爱诗歌；
生活里有诗才幸福，诗里的生活更是歌！
读诗写诗，
这就是我的生活；
学诗赏诗，这就是我的快乐！
愿诗歌永远伴随着我，
奔向无边的大海，

跨过高耸的山岳，

直到永远，直到天河……

（2021 年 8 月 10 日）

22 退休十年有感

日月飞速转，回眸十年前。
官宣吾退休，卸下千斤担。
静坐书房里，览书赛蜜甜。
偶尔吟小诗，抒情吐真言。
老友常聚首，友谊记心间。
中外任吾游，人生多怡然。
每日必走路，目标步八千。
街巷觅小吃，小院赏花鲜。
更喜玩微信，屏小天地宽。
百度学知识，好友穷聊天。
更喜诗友群，交流俱欢颜。
生活真丰富，赛过活神仙。
每忆在职时，无愧亦无憾。
热爱毛主席，在党五十年。
恪尽忠职守，敬业青春献。
知足方常乐，名利切莫贪。
笑看假马列，爬高跌破脸。
得意莫忘形，洁身保平安。
老汉仍未老，时年七十三。

健康第一条，时刻铭心间。
笑看大世界，宽心享晚年。
今日秋风爽，书此作纪念。

（2021 年 8 月 22 日）

后记

值此《雅韵和鸣：吟诗作赋群诗选》诗集付梓之际，我怀着欣喜、感激之情，诚挚地向我的诗友和有关诗歌平台说一句话：没有你们的积极参与、关心和支持，便没有“吟诗作赋原创群”的今天，更不可能有这本诗集的悄然问世。

“吟诗作赋群”于2021年初建立，开始，大家写写顺口溜、编编打油诗，以活跃群里的气氛为目的。不久，大家发现越写越有兴趣，越来越感受到写诗的乐趣，后来一发不可收。于是，就有很多诗词爱好者陆续加入“吟诗作赋群”，人数越来越多，最多时有近百名。要管理好这么大一个群，着实不易，我与有关诗友商议制定了一条群规：本群是以诗会友的舞台，只吸纳、欢迎有正能量的诗友和原创性诗词歌赋，杜绝与诗词创作无关的所有话题。“吟诗作赋群”就在这样规范的原则下，不断健康发展，诗友写诗热情越来越高，作品也越来越多，作品的质量也逐渐得到提高。一年多来,《今日头条》、中国诗歌网、《国是·观点》、北京诗歌网、《中国诗人作家档案库》和《沿海文学》等国内诗歌平台为我们“吟诗作赋群”先后编发了一百多期群诗，两千多首。

《雅韵和鸣：吟诗作赋群诗选》诗集的出版，最早提出的是我的老朋友、诗友张芬之，并征得“吟诗作赋群”的诗友同意。诗友们认为，这是值得做的一件好事。于是便组成了由陈昌才、张芬之、王谨、黄方渺、韩其周、韩小存、许尚明等7人组成的诗集编委会，由我和张芬之担任主编。关于诗集作品，由参与诗集出版的诗友挑选自己的中意之作，上传到编委会遴选审定。在《雅韵和鸣：吟诗作赋群诗选》出版问世之际，我需要向广大读者以及诗词爱好者，简要阐述对这本诗集的几点思考。

第一，弘扬正能量，高唱主旋律，诗情宏远。

诗歌的意境是作者的心境和感受，“感时花溅泪，恨别鸟惊心”就是这个道理。一首好诗不是拼出来的，而是文字、感情与大自然万物的巧妙结合。诗好写，情难赋，这里的“情”不仅是说的感情，更是诗歌的意境。我们在仔细咀嚼、品味这些诗歌时，内心往往感到新颖、激动，并受到启迪。诗友并没有仅仅停留于“花前月下”的低吟浅唱，而是把对祖国的忠贞给予热情歌颂，对英雄充满礼赞；诗情所至，激浊扬清、正本清源，几多灵动，几多

"于无声处听惊雷"的正能量，犹如长江之水，滔滔不绝。在气势磅礴的高山大川中，将自然之美与心灵之美融合起来，在壮美的场景中"俱怀逸兴壮思飞"，追求光明澄澈之美，在秀丽的"情境"中表现纤尘不染的纯真情怀，达到超凡脱俗的全新境界。诗友王谨的《屈原成为文化符号》诗句："每逢端午摆粽子畅饮雄黄酒，江河两岸龙船竞渡不衰……"溢满了对爱国诗人的致敬。诗友张芬之的《每当想起党的生日》诗中写道："为中华民族谋复兴，为全国人民谋幸福……奋斗终身……那一个个顶天立地的英雄豪杰好像全都历历在目……"令人肃然起敬。中国共产党百年华诞，盛大庆典之日，诗友们更是激情澎湃，纷纷吟诗贺之。

第二，在吟诗作赋中，不断学习提高，满满收获。

诗友之间，有学养极高、造诣极深的专家、学者，也有热爱诗词的初学者。大家没有尊卑之分，没有高低之别，互相学习，取长补短，并在不断交流中，写作水平得到不断提升。诗友们还把具有学习和鉴赏价值的诗词之类的经典、参考书发到群里，供大家参考学习。我作为群主，肩负着鼓励大家不断学习提高的责任，在群里先后发布《词牌详解》《古体诗与现代诗的区别》《绝句律诗平仄一般规律》《诗之十三辙》《诗之创作与鉴赏之要》《小议诗歌之美》等。这样一来，"高者精之""学者明之""诗者雅之”“朋友贵之”。在思想上，“循规蹈矩”，诗友都是“导师”；在文字上，“纠错改误”，诗友都是“终审编辑”；在诗歌样式上，创新、求新，百花齐放，诗友都是“孤独求败”。即便有关诗的行文、排版格式，上传诗的题目、署名、正文、写作时间、地点等如何具体表述等在写作学、编辑学里常见的诸多细节，在诗群里，诗友之间也能精益求精，不断提升水平。乃至一些新进群的诗友，不无感慨地说：“吟诗作赋群”既是诗友群，更是学习提高群。夕阳无限好，进了吟诗群，眼界大开，诗趣盎然矣！

第三，以诗会友，开阔眼界。

“吟诗作赋群”最初是一个“以群主为核心”的朋友圈，随着群诗的不断发表，吸引更多各地诗词爱好者逐渐加入进来，诗友目前北到黑龙江漠河，南到广东中山，来自全国的十多个省市和地区；还有一些有影响力的报社、杂志社的主编、编辑等也加入进来，比如诗友张芬之推荐了北京中国体育杂志社、教育部、《人民日报》、民政部等一批学养极高的诗友；诗友黄方渺推荐了一批原部队老战友……既有京城文学界的大家，也有仍在边疆、海防、乡村、城镇的雅士，大家忘却年龄，没有功利心，以诗会友，其乐融融。2021年7月在北京龙潭湖举办了一次诗友会。诗友们触景生情，诗兴大发，诗友祖国柱道贺：“神仙聚首龙潭湖，清流三千蕴鸿儒。”诗友韩小存云：“谈古赋诗情谊叙，杯中物饮焕容颜。”诗友周献国说：“龙潭湖畔有酒家，吟诗作赋写天下。”诗友张春晖赞云：“诗仙约聚湖龙潭，志同道合诗韵鸣。”诗友韩其周则赞叹道：“龙潭一聚成新闻，浪击吟诗微信群，诗友纷纷献佳作，疑是礼堂庆新婚。”……诗人之间的彼此结识，展现了追求情感的高雅，更重要的是寻求吟诗作赋之灵性飘逸的同伴和知音。诗友韩其周诗云：“开心快乐每一天。”诗友陈爱兰诗云：“珍惜今生相识缘。”诗友张芬之诗云：“必有诗与远方。”诗友陈昌才诗云：“凡尘有个吟诗群，灵霄殿里有藏书。”“相知最舒畅。”……龙潭湖诗会展现和书写了现代版的“以诗会友”佳话。

第四，对诗歌艺术的追求和传承。

“吟诗作赋群”只收录原创诗赋作品，除此以外，概不采纳。上传到诗群里的诗词，都是经过仔细斟酌、反复推敲，诗友间对新作总是认真交流，彼此提出修改建议，常常为一首诗更加准确和诗韵标准而出现挑灯夜读的景象。由于大家的不懈努力和精益求精的精神，涌现了多首让人称道的作品，比如，《七绝·腊八节（新韵）》的“初八腊月凛凝寒/三九逢值冻晓天/节日千家犹庆暖/佛粥万户似春烟”；《临江仙·吴越春秋》的“千年吴越曾争雄/勾践范蠡文种/西施粉泪心中痛/吴王何所怨/寒山敲古钟”；《莫言小草矮》的

"莫言小草矮/忘忧也精彩/虽说岩松高/枯枝岂良材/寒水唱悲歌/秋风吟长别/平生恨鹿马/悠忽难立节";《夕阳西下》的"白驹过隙后/夕阳晚照秋/少壮曾努力/老大更挠首/人生不得意/万事如水流/春归非我意，冬来别飞鸥";诗中有诗人几许悲愁?《好日子》的"阳显普天大雪节/蓝天无限心情悦/吟诗一首去寒侵/锻炼肢骸神志洁";等等。这些都充分体现了诗友们对诗词的热爱和对具有深厚底蕴的中华文化的传承。

在此，我特别感谢"吟诗作赋群"全体诗友的执着坚守；特别感谢对《雅韵和鸣：吟诗作赋群诗选》诗集出版给予鼎力支持的诗友黄方渺；特别感谢诗友唐禹民欣然为诗集题写书名，特别感谢北京华景时代文化传媒有限公司总裁朱文平先生、副总裁刘雅文女士的大力支持！特别感谢北京联合出版公司编审老师的辛勤劳动！

言有长短，意难尽。《雅韵和鸣：吟诗作赋群诗选》诗集，因作者水平有限，汇集仓促，难免会出现这样或那样的问题，敬请广大读者及诗词爱好者谅解并不吝赐教。

陈昌才

2022年3月10日

写于新北京国际半岛采薇雅苑寓所